Cafe ASTORIA Confectionary

Wuchang street

No.7

My Cafe history

明星咖啡馆

Cafe ASTORIA Confectionary

明星咖啡馆创始人

简锦锥 口述

谢祝芬 撰写

目录

交了长久的情谊，现在他的艺术天才外孙李柏毅成为明星咖啡最闪亮的明星，在三楼长期陈列他的创作，再现当年才子凝聚的风华。

我因为写一篇关于柏毅的文章才和简家千金静惠认识，闲聊之间发现我们竟然还有一份远远牵过来的儿女亲家关系，我的小妹蒨之和静惠是姻亲，在洛杉矶又住得很近，静惠跟我父母也相熟。就这样，因为我早年留学欧美，错过了那一代文人的明星盛会，我现在反倒成为明星咖啡的座上常客，几位昔日热闹场面的青年才俊都身影渐远，简家千金的小王子柏毅为明星的传奇添上异彩，并随着他在国际间四处办展而把明星传奇更加发扬光大，声名远播。

到台北，不容错过的风景，总是静静地、优雅地，候着……候着下一位才子佳人。

明星，风华再现

陆蓉之

对简锦锥先生而言，遇见从上海到台湾的白俄罗斯贵族，承接了明星咖啡的历史传承，可能是一种意外，但是这样的命运安排也开创了他人生的传奇篇章。

明星咖啡，不是咖啡，「她」是台北文化人的一种集体记忆，也是创作者酝酿创意的温床，「她」也已经成为台北城市文化的一道风景，不只是文化观光的亮点，更是许多曾经在那里织梦者的乡愁，永不褪色的感动。

俄罗斯式的咖啡、软糖，只此一家、别无分号的清爽鱼冻、浓郁的罗宋汤，都是饕客的最爱。如今的明星咖啡，添了新的意义和内涵，简锦锥先生不但在过去的60余年里，和台湾著名的作家，例如：三毛、白先勇、黄春明、林怀民、陈若曦、楚戈、方明、刘大任、王祯和、陈映真等结

一个光头男孩经过霞飞路上“ASTORIA咖啡厅”,完全没有发觉就在擦身而过的那一瞬间，自己和“ASTORIA咖啡厅”的缘分已经开始了……

八岁独行侠

一个人回家

天顶的扫帚星

伪装者

高丽菜稻草人

一个人回家

1939年，抗日战争第二年的上海法租界。一个光头男孩牵着一个男人的手，经过霞飞路上俄罗斯人开设的“ASTORIA咖啡厅”。门前似有若无的咖啡香，让男孩不自觉地放慢脚步。身旁的男人催促着：“快点！不然赶不上回台湾的船了。”男孩听话地跟上脚步，完全没有发觉就在擦身而过的那一瞬间，自己和“ASTORIA咖啡厅”的缘分已经开始了……

“阿兄，我要回去台湾了。”

回台湾的船要开了，男孩用稚嫩的声音这么说。男人点了点头，男孩抱着布巾包尾随其他乘客上船。男人似乎不放心，赶紧拉了一两个看起来信得过的乘客，拜托道：“这个囝仔要回台湾，麻烦您照顾一下。”

这时的上海仍为日本人所占领，台湾也还是日本的殖民地。走在上海街上，随处可见日本国旗，以及唱着军歌的日本军人列队昂首迈着大步。中国各地战事频传，上海因为租界地的关系短暂避开战火，电车来来回回地穿梭，十里洋场依旧灯红酒绿，整座城市沐浴在平静的假象当中。

轮船起锚时，男孩向岸上的男人用力地挥挥手，受托照应男孩的乘客显然也是台湾客，他很好奇：“囝仔，你今年几岁？你一个人要去叨位？”男孩轻轻地说了声：“我八岁，我要回台湾。”几个要返回台湾的旅客闻言全都不敢相信自己的耳朵，七嘴八舌地问道：“就你一个人？”“怎么没有大人带着你？”男孩睁着大眼睛，天真地点点头，不懂大人们为何会这么惊讶。

其实，这些人的惊讶并不是没有道理。除了男孩的年纪小，更因时局动荡、走私猖獗，利用小孩当走私工具的事件时有所闻。民间耳语不断，说是曾经有走私客先把偷来的孩子毒死，再将毒品放入孩子的腹中，等到了台湾港口遇上日本兵盘查，便作态抱起包裹在棉布里的孩子，轻轻拍哄，假装孩子正在睡觉。更骇人听闻的是，曾有走私客拍打孩子之后，孩子的屁股竟渗出血水，残忍的状况让人不忍卒睹。

这样的时代，只要孩子走丢了，父母多半有凶多吉少的心理准备。而他，一个八岁大的孩子，竟敢只身飘洋过海!

但男孩无疑是一只不畏虎的初生之犊。身旁的大人还在议论纷纷，他的思绪已沿着海面上闪闪发亮的波光，飘回上海的街道。那些随风飘扬的红白日本国旗，那些高楼大厦，那些打扮入时的上海人，还有高鼻子、蓝眼睛、金头发的外国人……一个多月来在上海看到的奇特事物，像倒带一样一幕幕回到脑海中。他心想："回到台湾之后，我一定要告诉阿娘，我坐过两层的电车。还有，阿兄真才情，北京话、上海话说得真是轮转。"

天色渐渐暗下来，晚风吹过甲板，男孩的衣衫飞了起来，好奇心也跟着长了翅膀。看着准备到台湾卖布的唐山[①]人蹲坐一旁，无所事事地玩着三尺长的布尺，男孩想起老一辈曾说，在台湾和唐山间航行的船只都会在船上养一只猴子，乘客登船前得先放猴子上船。如果猴子乐意上船，表示此趟行程将会一帆风顺；倘使猴子不愿意登船，便表示会有不测风云，航行就得取消，乘客们为了生命安全自然也都愿意配合。他来回跑着，一会儿船头，一会儿船尾，四处找着传说中的猴子，果然，在船舱的一个笼子里，一只瞪着大眼的小猴子也好奇地朝他望着。

咚！咚！咚！突然，船员敲锅大喊："开饭了！开饭了！"男孩欢喜得不得了，吃过饭，离台湾就更近一点了，因为阿兄讲过："吃过两顿饭，就可以倒返去鸡笼（即今台湾基隆）。"他不等照应的乘客招呼，赶紧排队盛饭，甚至还机灵地帮其他乘客也打好饭。男孩端着碗筷，蹲在甲板的人群中扒完饭，没一会儿，星星亮了，夜晚的海面静得只剩下轮船噗噗作响的马达声。无处打发时间的乘客们早早就寝，或坐或卧，在船舱里休息。男孩枕着布巾包、蜷着身子，随着海浪波动的韵律慢慢摇晃进梦乡，睡梦中出现的是新庄老家的三合院，还有从莺歌驶向新庄的火车，那火车正用力吐着黑烟，吃重地沿着铁轨爬上山坡……其实，以他的年龄，说"乡愁"似乎还略微有些沉重，然而这一路上，对家和亲人的思念却犹如一条小蛇吐着信子，时时舔舐着他的心脏，有一点心酸，更多的则是早日回到家中的殷切。

第二天天光才露出一点点白，船舱已满是嘈杂的人声。第二顿饭的时间来了吗？是不是快到台湾了呢？"不！船票是不含早餐的。"其他的乘客这么告诉他。男孩有些失望。什么时候才会吃第二顿饭呢？什么时候才会到台湾呢？每五分钟，他就会问自己一次同样的问题。持续的等待，让时间开始变得漫长，海上的景象也开始变得枯燥。

又过了许久，午饭时间终于到了，囫囵吞枣吃过午饭，男孩便不离手地抱着布巾包，随时等候靠岸时刻的来临。总算已经可以看见港口的时候，照应他的男人开口了："囝仔！等一下谁来接你？"

男孩摇摇头："我会自己回家。"

“你住哪里？”男人原本正整理着行李，这时也不自觉地放下。

“我住在新庄。”男孩紧盯着港口的目光没有移动。

“那你知道回家的路吗？”男人再问。

“知道啊！先从鸡笼坐车到台北城，再从台北城坐车回去营盘（即今辅仁大学一带），就可以从营盘走路回家了。”阿兄带他来坐船的时候教过他，他还记得。

“但是你一个囝仔，不害怕被人抓走……”

男人话还没说完，船已经到岸。男孩抓起布巾包，说了声“阿叔！多谢！”就像只小鸟一般飞下船，留下男人在后头喊着“囝仔！囝仔……”但男孩却早已风也似地飞走了。

那个傍晚，男孩转了几班公交车回到新庄；那个傍晚，新庄一带最大的三合院再度响起游子返家的欢乐笑声。

那个八岁的小游子，名叫简锦锥，家人都叫他“阿锥”。

---

①闽南语中对我国福建一带的旧称。

当时我的父亲突然染上肺炎，送到新庄最大的病院，却还是救不回来，从染病到过世，前前后后不到六天。到上海发展的大哥赶回来奔丧，见我没有人看顾，又拗不过我的央求，只好答应带我一起回上海。

母亲一共生了十一个孩子。我的上头有五个哥哥，下有一个弟弟，另外还有四个姊妹。父亲过世的时候，大哥已经快要三十岁，但最小的弟弟却才两三岁。那时，其他几个哥哥各有各的工作或学业，母亲忙着耕种，又要照顾最小的弟弟，无暇将太多的心思放在我身上。因此，我平常除了到日本公学校上课，就是赤脚去河边抓鱼，快活倒也是快活，却总觉得不够新鲜。几次看到大哥从上海寄回的明信片，我就一心一意想要试试乘坐明信片上那种两层电车的滋味。

父亲的丧事办完之后，大哥必须回到上海工作，适逢暑假，我便央求大哥带我一同前往。大哥可能也认为到外面看看世界是一件好事，因此和母亲商量着，要让我去见见世面。母亲是个温良的传统妇女，向来以丈夫为天；丈夫过世后，大儿子自然就是天，现在大儿子开口，她即使不太放心也不坚持反对。我跟着大哥来到上海一个多月之后，电车坐腻了，高楼洋房也看腻了，便又吵着要回台湾。大哥没办法，只好放胆让我一个人飘洋过海坐船回鸡笼。

许多年之后，我仍然无法忘记上海当时的景象，大街小巷的房子门口或窗户上都插着日本国旗，和大哥寄回来的明信片上一样。印象最深刻的是，有一个圆环连接着六条马路，电车在那些道路上来来回回地跑着。

三四年前，我在朋友的陪同下再度前往上海，试图寻找记忆中的街道，但是整座城市的风貌已经变得太多太多，连当地陪同的友人都找不到我说的那几条路。直到一位老上海司机带路，我才得以重返童年记忆的所在，也才发现原来自己在童年时代就曾经路过白俄人在霞飞路开的“ASTORIA咖啡厅”。只是，任谁也没想到，多年之后，这些白俄人竟又辗转来到台湾，并与我合作开了“ASTORIA明星西点咖啡厅”。虽然与我合作的白俄人和当时店东不尽相同，但那时他们也都经常在霞飞路的“ASTORIA”出入。人生的缘分真奇妙，不是吗？就如同造物自有安排一般，几番兜转之后，赫然发现有些人有些事一早就在人生中留下过记认，而以后的许多经历，只是帮助你把这些记认变得更加深刻和分明。

这么多年过去，我一直感觉人生就像一场戏，天公伯仔 让天南地北的人聚在一起演戏。如果角色扮得好，天公伯仔[2]就会安排更加要紧的角色给你。

---

② 闽南语中老天的意思。

天顶的扫帚星

1940年，台湾第一座交通信号灯在台北御成町总算开始运转，台湾人还不习惯走路要看红绿灯，日本人便又开始大力鼓吹“皇民化”，要求台湾人将名字改为日本名。日本人说，有了日本名字就算是真正的“皇民”，家计簿上的配给可以多一点、好一点。

“我们也改一改好了，日子比较好过。”简家家族中有一些长辈觉得顺势而为才是智者，于是协议将家族名称改为“竹田”，“竹”取自“简”，田象征农家子弟。家人希望在不得已的情形下，依旧保有对祖先的慎终追远。那天起，阿锥突然多了一个日本新名字——“竹田正吉”。

消息一传到耳里，阿公气极了。他铁青着脸坐在大厅，两眉之间的皱纹比平常更紧、更深。他要子孙们看看祖先牌位，看看牌位上的祖先到底是姓什么？“我们是中国人，行不改名坐不改姓，怎么会要改做‘狗仔名’呢？”阿公越骂声音越大，其他长辈压低声音地劝着：“好啊啦！麦搁讲拉！会被人家听到的。”虽然大家私底下都叫日本人“狗仔”、“四脚仔”，但这么一声张，难保不会招来祸端。但老人风火头正旺：“日本人欺负我们中国人这么多年，本来就是‘狗仔’、‘四脚仔’，为什么不能说？”家人们只好赶紧阖上大门，将声音藏在厚厚的木门里……

之后有一次，阿公要从台北城回新庄，却没有料到买票时，因为服装“不合格”而被柜台的日籍稽查人员取缔：“为什么还穿有布钮扣的衣服呢？那是台湾人才穿的，下次不准再穿了。”老人家闻言再度怒火中烧，车也不坐了，只撂下一句“我是中国人”，便头也不回地一路从台北走路回新庄，回到家时，天色已是伸手不见五指的黑，但他绝口不喊累。在那之后，老人家更坚持要穿有布钮扣的唐衫。

隔年十二月，日本偷袭珍珠港遭到全世界的指责，二次世界大战规模更为扩大。事件爆发不久，阿公把阿锥叫到跟前：“阿锥仔！你知道吗，日本人统治台湾的时间就要结束了。”

又一个夜里，阿锥突然被阿公摇醒：“快起来！快起来！扫帚星出现了，日本要战败了。”时间大约才凌晨三四点吧！阿锥用力睁开惺忪的睡眼，跑到院子一望，果然天空呈现难得一见的异象。一颗拖着长长尾巴的星星，正垂挂在天边。整个村子悄悄地沸腾了起来，人们不敢声张却又窃窃私语：“日本人真的要败了。”

也许应验了阿公的预言吧！那两三年里，日本人从在战争中占上风的局面渐渐落入颓势，越来越多的台湾人被征召去当日本兵。除了大哥留在上海，阿锥其他四个年长的哥哥不例外地全都被征召去当兵，他则因为年纪太轻，得以继续在学校就读。为此，母亲经常食不下咽，时时忧心不知哪天就要收到哪个儿子的噩耗。战争带给平民百姓精神和情感上的创伤，是在于将他们剥离出正常生活的轨道，一饮一啄，一言一行，尽皆惶惶不可终日。

飞机没来轰炸的日子，阿锥依旧背着布巾包到公学校上课。但是“作业”的时间越来越多了。断断续续，阿锥在战火的空档中念了几年的日本书，不知从何时开始，鼓舞士气的军歌之外，老师开始教他们歌诵“月、月、火、水、木、金、金”的“作业童谣”。以日本话来说，原本一个星期排序应该是“日曜日、月曜日、火曜日、水曜日、木曜日、金曜日、土曜日”，各代表星期日、一、二、三、四、五、六，然而因为战情吃紧，日本政府竟废除了“日曜日”（星期日）和“土曜日”（星期六），将一周改为星期一、一、二、三、四、五、五，天天都是上课天。只是，传授学业的时间有限，多数的时间都是让学生到空地种油桐以补充飞机油，或是进行战事后备的支援劳役。

“为什么天天都要作业、作业呢？”阿锥一边捡着油桶，一边问。

“当然是为了日本的圣战啊！”在一旁督促的日本籍老师理所当然地说道。

没过几天，这位老师穿着日本军服、配着一把日本武士刀到学校，在课堂上宣布：“经过长期的等待，召集令终于来了，我终于可以参战了。”说完，拔刀挥舞以示决心。

在那之后，学校里的日本教职员纷纷被召集上战场，上课的时间越来越少了。

可能是受到阿公的影响，小时候，其他台湾小孩都很怕日本小孩，但是我总是咽不下那口气，常和日本孩子打架。

当时日本孩子和少数有钱人家的台湾小孩上的是“小学校”，一般台湾小孩上的是“公学校”，界线清楚，阶级明显。每次只要台湾孩子下课经过日本小学校门口，便会被日本孩子嘲笑是“清国奴”，藐视的眼神和口吻，常让我二话不说就冲上去把对方痛揍一顿。

但是大家对于日本人的行径多半还是敢怒不敢言，只能藉由小动作聊慰不平衡的心情。有人说新娘子在结婚时撑黑伞是因为怕被天神冲到，但是阿公诠释说，新娘子之所以要撑黑伞，是因为台湾被日本统治，暗无天日啊！但是光复之后不同了，新娘子改用竹筛，行进时阳光会透过筛子的细缝洒下光芒，象征的即是台湾已经重见曙光了，以后就是我们的朝代我们的天了。

相较于爱国意识，更多人的问题是吃不饱。在战情吃紧的时候，配给越来越少，连日本籍教师也都出现民生问题。我家当时有不少农地，虽然没有大鱼大肉可吃，但只要耕种顺利进行，要吃白米饭还不成问题。几度，日本老师还偷偷拿着皮鞋购买证或其他民生用品的配给证给我，希望能用来跟我家换一斤白米。

然而没有饭吃的人更多了。曾经有同学多日旷课，日本老师写了纸条要我送到同学家，并要我转告他：“如果再不来上课，就要让你落第了。”没想到我到同学家扑了个空，原来他正在田里帮忙种田，当我说明来意后，他的父亲却明确地要我回去告诉老师："种田喂饱肚子比较要紧，饭都没得吃了，命都可能顾不了，还读什么书呢？"

饿饭。是啊！即使我家当时在新庄拥有大片土地，但是收成青黄不接的时候，我也挨过那种滋味。听到同学父亲的话，我心里想，也许偶尔白米饭会不够吃，但是大自然的资源并没有断过！尤其那时的河川干净，河里的鱼虾随处都是，泥鳅、鳝鱼、鲇呆……到处都是可以吃的食物。只要愿意，就算陆上找不到食物，水里也一定找得到天公伯的礼物。但是读书的机会却不同，战争就快让学校关门了，也许再不去就要错过念书的机会了。

战争时代就连上学也要看天气。天气好的时候不能上学，因为视线良好正是轰炸的好时机；天气不好、视线不良，轰炸机会稍作歇息，学生才能趁轰炸的空档到学校上几堂课。还记得小学三年级时，琉球的人民疏散到新庄公学校，学校里到处有人埋锅造饭，整座学校人心浮动，读书写字要有很大的定力。到了五年级，状况更乱了，新庄公学校已经被阿兵哥占领，连个上课的地方都没有，我们只好迁到庙里上课。但是就算解决了上课地点，却不一定有老师，学习只能碰运气，有一搭没一搭。

很多人在这种情形下，早就放弃到学校了，但我就是不想放弃，在闹哄哄的教室也好，在克难的庙里也好，能够在枪林弹雨中多学几个字，怎能不多加珍惜？

伪装者

1944年秋天，日本开始在台湾实施征兵制，同时在台湾大量建造军事机场，光是美军侦测到的机场就有五十多处。此后，台湾成为美日空战的战场，双方共出动四千三百多架次接战。日军在战役中损失惨重，连人带机攻击敌舰的“神风特攻队”也频频传出机毁人亡的故事。

一个下午，阿锥刚从学校下课，准备到稻田边的圳沟抓鱼回家加菜，却远远看到五六个穿着日本军服的阿兵哥，神色怪异地躲在田埂之间。简锦锥好奇心又起了，悄悄地走到其中一位阿兵哥背后，喊了声：“你们在这儿做什么？”

阿兵哥差点被他吓掉了魂，赶紧用食指压住嘴，并微微地发出“嘘”的气音。这个举动让阿锥更好奇了，他们到底是何方神圣？为何会跑到他家的田里来躲躲藏藏呢？阿兵哥见他顶着大光头，应该还是个小毛孩，便要求他：“囝仔！你莫惊！我们是逃兵，已经饿了好几天了，你可以回家拿点东西给我们吃吗？”换做是其他的孩子，一听到“逃兵”两个字，可能已经吓得赶紧逃走，但是阿锥老神在在[3]：“好！你们在这里等着。”他奋力往家的方向跑去。看着他离去的背影，阿兵哥们似乎不放心，赶紧圈起双手围在嘴边轻喊着：“千万不可以告诉任何人哪！”

再度回到稻田时，阿锥怀里揣了一些食物，几个大汉像是雨后逢甘霖一般，囫囵吞枣地吃了起来。他们一边吃，一边表示他们全是被日本征召的空军地勤补给人员。日本人为了避开美军耳目，在许多地方设了假机场，所以经常要用人力将飞机推到真正能够升降的基地，而他们此趟的任务，就是要从龙潭徒步推飞机，将飞机推到林口。但是日本频频吃下败仗，军队里头连日本籍的军人都吃不饱了，更何况他们这些台湾人。他们已经一连饿了好几天，原本十多人的队伍，后来逃到只剩下五六个。现在，他们既累又饿，再也走不动了，因此协议一起丢下飞机，结伴逃了。

“你们现在有什么打算呢？”阿锥问。阿兵哥们也不是没想过这个问题，但认真讨论起来，你看看我，我看看你，除了叹气之外，似乎没有其他想法。家，是回不去了。若是被日本军官抓到，别说被关，搞不好还会被枪毙。怎么办呢？简锦锥灵机一动：“你们等我一下，我回去和家里人商量，看是不是可以让你们留在这里。”

回到家，阿锥蹑手蹑脚，闪进三合院的边间，深怕阿公知道之后会反对或操心。他钻进厨房把逃兵逃到家里稻田的事告诉母亲，“阿姨[4]！让他们留下帮忙种田，这样他们有地方去，我们也不用再担心没有人来帮忙种田。”深知母亲长期忧心稻田因为无人耕作而荒芜，阿锥觉得收留他们是个两全其美的方法——如此一来，逃兵们可以有个暂时的栖身之处，而母亲、自己与弟妹的温饱也可以得到实质的解决。

这几年，少了男丁可以倚靠的母亲，发现眼前这个十三岁的儿子突然长大了许多。儿子坚定的眼神让她这个做母亲的感到欣慰，胸口也突然多了一颗定心丸。最后母亲点点头：“就依你的意思吧！但要他们小心点，不要让人撞见了。”

从此，大厝后面的工寮里多了几个总是戴着大斗笠、掩住头脸的“佃农”，家里的田地也再度苏醒过来。春耕、夏耘、秋收、冬藏，这些大汉仿佛与大地融而为一，过着连呼吸都要小心翼翼的生活。

1945年8月15日，收音机传来天皇宣布日本战败的消息，阿锥的第一个反应就是冲到屋后的工寮，“日本投降了！日本投降了！”他用力大叫。那五六个大汉，从屋舍、田埂飞奔而来，连头上的斗笠掉了，也顾不得捡。“真的吗？日本真的投降了吗？台湾真的光复了吗？”大汉们不敢相信却又激动地抓着阿锥，重复地问着“真的吗？真的吗？”阿锥用力地点头。大汉们互相张望着，想要从彼此的眼里再次找到确定的答案，但不管是谁，望见的都是一双双泛红的眼睛。

“我们可以回家了！我们终于可以回家了！”他们站在工寮前，一遍又一遍地大喊，像是要把四百多个日子的不安和苦闷，一次掏光。

③闽南语，意思为「安稳、从容」。

④旧时不少子女会称呼自己的亲生父亲为「阿叔」，亲生母亲为「阿姨」。有一说法是因为当时人相信直呼称谓，会折了父母亲的福气，如同许多小孩在儿时有不雅的乳名，也是避免因为恶神嫉妒而夺取孩子性命。

你问我为什么敢收留逃兵？战乱的时候，有什么事情比活下去更重要？害怕？当然会，但如果收留逃兵，可以让他们有饭吃，让家人有收成，大家都可以活下来，冒险当然值得。

父亲还在世的时候，我家在秋收时都必须雇佣二十多个大汉来帮忙。但一遇上战乱，佃农和收割的师傅大部分都被征召了，家里空有田地没人耕种，凭我一个人的力气也远远不够，因此当我看到这些逃兵时，便决定收留他们。他们大概比我大四到五岁，平均年龄大约在十七八岁，正是年轻力壮的年纪，既然我一个人做不来，找他们当帮手最是恰当不过。

然而像这样的冒险行为，除了要有三分的胆量、二分的运气，还要有五分的判断力。这些逃兵之所以能够躲在我家的工寮一年多而不被发现，虽然算是运气好，但最主要是当时的情势让我有不小的把握可以不让别人发现他们。当时的新庄不像现在这么热闹，屋舍与屋舍之间要走上一大段路，加上战火未熄，村子里人烟稀少，日本军方也自顾不暇，因此只要不太过声张，自然就可以安全地藏上一阵子。

同样的事情，也曾发生在1948年台湾爆发的“二·二八事件”。当时公卖局就在重庆南路彰化银行现址，一楼和二楼的装潢被拆到连门都没了，台湾人群情激愤，见到外省人就打。许多外省人都不敢从办公机关走出来。那时我和从上海回来的大哥一起住，屋后有一间闲置的日本宿舍，宿舍附近有一条小巷可以通到开封街，巷子旁有条非常深的水沟。事件发生当晚，许多外省人就沿着那条水沟逃到我家来。

哥哥和我都不害怕，大胆地收容了八十多个外省人，当中不乏高官和将官。我们将他们安置在屋后的那间日本宿舍，一个多月的暴动期间，大哥想尽办法要喂饱这八十多张嘴，有次他甚至脱下大嫂手上的金链子，要我到延平北路卖掉后上街去换点东西。当时街上空无一人，随处都在警戒状态，我出门时还被秘密警察盯梢了好一段路，并且警告我："小孩子不要出来乱跑。"肃杀的气氛让我和大哥也不得不步步为营。

现在再想起来，自己也觉得非常有趣，谁会想到我会因为时代的局势而两度收留他人呢？后来，这些人当中有不少几个都成了我的朋友，逃兵中有一位还和我家结成姻亲，在人生的路上互相提携。

帮助别人，就是帮助自己。大树让鸟筑巢，鸟帮大树吃虫，人与人之间自然也需要互相帮忙。

高丽菜稻草人

哒哒哒！哒哒哒！哒哒哒！……

时间同样是1944年，美日空战持续白热化。一个正午，新庄、板桥、树林交界上空飞来一群美军战斗机。不一会儿，其中的两架折回来，朝着一大片菜园疯狂扫射。扫射完一回，一架飞机调头飞走，片刻又再度折回打算继续扫射，不料一个闪神，与后头的另外一架飞机撞个正着，伴随着一声巨响，两架飞机全都坠落在田野上。

撞击的巨响引来日本军队，日本军人观察其他的美军已经飞远，便团团围住那两架坠落的飞机，大声以日本话欢呼“万岁”，随后，防卫队带走飞机上受伤的美军驾驶员，重兵团兴奋地拆解飞机钢板、机关枪、轮胎等作为战利品。但是，没有人发现，不远处的壕沟底下躲着一个光头男孩。

这男孩正是阿锥。他静静地观察，耐心地等待，直到日本军人离去，飞机的主体也被拉走，才谨慎地从壕沟里爬出来。他沿着机身上被机关枪扫射后留下的弹孔，一个孔一个孔地找，就像是在田里捡落花生一般，捡拾日本军队遗漏的子弹。巡了一遍又一遍，阿锥的身旁已经累积了三百多颗铜子弹，他拿了两个放进口袋，然后挖了个洞、做了记号，把其余的子弹全部埋进土里，也把这个秘密埋进心里。

当然，任凭是谁都无法想到，这些子弹是阿锥向老天爷请求来的。

这年日军战情更加吃紧了，日本人搜刮台湾人所有的金属器具，不管是锅碗瓢盆，还是窗框、门框，甚至是铁钉，只要是金属物质，一律充公缴库，用以制作子弹或是飞弹。眼见金属值钱了，脑筋动得快的人便经常用磁铁在水沟或路面吸啊吸，若是吸到金属，或更幸运吸到铜板，当天就可以换点民生物资回家。小孩们有样学样，走路常常盯着地面，幸运的话，也可以捡几根铁钉去换棒棒糖。

阿锥家自从收留逃兵之后，想吃白米饭是没问题了，但其他民生用品总是需要用到钱。再加上大部分的钱已经让哥哥带到上海做生意，因此母亲不免还是要为没钱而烦恼。其他哥哥们也还在外当兵，阿锥觉得自己有责任为母亲分担忧劳，但是靠捡铁钉只够换棒棒糖，根本帮不了母亲，怎么办呢？阿锥左思右想，突然想到：对了，没钱就向天公伯仔要啊！

既然子弹那么贵，就向天上要一些来换钱吧！有此念头之后，阿锥恰巧在新庄、板桥、树林交界附近的一处高丽菜田发现一堆一堆晒干的稻草堆，便开心地忙碌起来。他竖起十几堆稻草，然后剥下一圈圈的高丽菜，放在稻草顶端，布置成的景象远远看来，就像是一群人正在行进。“现在，缺的就是一面会动的日本国旗了。”那时刚巧是日本节日，附近的民舍被迫插着日本国旗，要取得并不难。但如何让国旗动起来呢？他转往另外一间屋舍，发现稻埕中央，有一个用竹子半撑起的“桌盖”，旁边放着一条绳子，随时准备在鸟儿飞进陷阱时用来拉动竹子。阿锥拿起绳索，兴奋地喊着：“找到了！”

回到高丽菜田，他将日本国旗插在“高丽菜稻草人”身上，并将绳索系在国旗上，再拉着线躲进壕沟。老天爷显然听到请求，他才躲进壕沟没多久，美军战斗机便成群飞过。他拼命拉动绳索，日本国旗夸张地左右摇摆，希望诱导战斗机上的美军朝这群高丽菜日本军射击。“他们看到了吗？飞机上的人看到了吗？”阿锥还在质疑自己的计划是否奏效，两架飞机已经飞回来了，他赶紧躲进更隐密的壕沟，接下来便听到“哒哒哒！哒哒哒！”的连续扫射，以及意料外的轰隆巨响。

他耐心地待在壕沟里几个小时，等日本军队扛着好几米篮的战利品离去之后，才悄悄起身，前往捡拾漏网之鱼。他心想：要是一口气把子弹拿去换钱，一定会引起轩然大波，因此便将大部分的子弹埋好，只带了两颗前往打铁行。老板见到他掏出当时最值钱的铜子弹，一把将他拉进门内，神色紧张地说：“赶紧进来。”因为那时不管是大人小孩，任谁都知道只要捡到子弹不得私藏，一定要缴交日本皇军，否则的话，一旦被查到就可能吃上重罪。但阿锥和老板心照不宣，大家都恨死日本人了，怎么可能将铜子弹交给日本人?

阿锥以一个子弹换一块钱日币的价格，换了两块钱日币。回到家，他将钱交到母亲手里。妈妈问他钱是从哪儿来的，他怕母亲担心而简化过程，只说：“路上捡到子弹，拿到打铁店换的。”

此后，他总是随时留意母亲放在红眠床横梁上的钱，只要钱用得差不多了，他便又会“刚好”捡到两颗铜子弹，然后换两块钱日币回家，让家计得以柳暗花明又一村。那些埋在地底下的铜子弹就像是老天爷给他的秘密提款机，需要用钱的时候，他便悄悄地前往提领。

经过一段时日，战事更加吃紧，阿锥担心埋在地底的铜子弹受轰炸波及，索性一次将剩余的一百多颗铜子弹挖出来，并在打铁店的安排下整笔兑换。当他把换来的百块大钞拿到母亲面前时，母亲一度惊讶得说不出话。

然而，一直到战争结束之前，他都不曾向任何人透露这个秘密。

现在的孩子可能很难想象，战争时期想要读一些书，是多么奢侈的事情。

从我小学三年级开始，学校便开始训练学生进行军事防护。在老师的指导下，我们学会如何找掩蔽，如何在空袭时蒙住眼睛、张开嘴巴以免巨响震破耳膜，也学会协助伤员，甚至搬运尸体。高丽菜田事件之后，我的小学阶段总算完成。毕业典礼当天，原本要由毕业生一一上台领取毕业证书，不料空袭警报响起，学生、老师一哄而散，各自找掩护，我只能隔天再到学校补领证书。

小学毕业后，原本我的成绩可以进台北一中，也就是今天的建中，但是当时台北一中还是只供日本人和少数有钱有势的台湾小孩念，所以我只能退居台北二中，也就是现今的成功中学。成功中学原本在济南路上，但当地经常遭到轰炸，校方只好把学生迁到淡水就读。我每天天未亮就从新庄出发，骑着国民车（即脚踏车）经过台北桥、中山北路……关渡，一路骑到淡水。但是只要我牵着国民车出门，母亲就会劝我"不要去了！不要去了！学校没开啦！"而我总是一边推着国民车往前走一边回说："不会啦！不会啦！免惊啦！"然后在她的叫喊声中骑往台北城。

1945年，也就是日本战败那年，美军于5月31日出动117架B-24轰炸机，夷平将近三分之一个台北城，就连现今台北火车站前的新光摩天大楼的前身——铁道旅馆，战前唯一一座西式大饭店都被炸毁。那天我原本想绕到济南路，确定学校是不是开放，再决定是否前往淡水，没想到突然从天边传来一声接连一声的巨响，眼前闪过阵阵红红、黄黄、绿绿的火光和爆炸声，身旁的人们一边尖叫一边逃窜，迅雷不及掩耳的局势，吓得我也赶紧跳进路旁的水沟躲藏。

过了许久，无止尽的轰炸总算停了下来。我从水沟里爬出，庆幸自己还活着，见到身旁一具具尸体和受伤惨重的人们，一时也顾不得害怕，连忙照学校所训练的方式，与其他幸免于难者一起搬运尸体，或是将伤者扶到救护站。

尸体怎么也搬不完似的，夜已经黑了，我又饿又累，同时也想起家里的母亲。母亲一定担心极了，我应该赶紧回家报平安。我沿着济南路走到新公园附近，发现新公园已经被炸成一座座小山，同样也是尸体满地、哀鸿遍野。一整天没有进食，我已经没有力气再帮助任何人，只顾往台北桥的方向前进，没想到眼前的台北桥也被炸了一个大洞，桥头站着好几个军人看守，不准行人通行。

连结台北城与新庄、三重的大桥不能通行，该怎么回新庄向妈妈报平安呢？此刻我想起来大桥附近还有火车经过的铁轨，也许可以从那里过河。很庆幸，铁轨逃过了战火，虽然小有损伤但形体还算完整。但铁轨不比桥墩，栈道与栈道有着相当大间隙，一个不小心就会踩空掉进河里。尤其当时已经是半夜，被轰炸过的台北城一片漆黑，铁轨附近根本就是伸手不见五指。没有办法之下，我只好趴在铁轨上，慢慢用身体去感觉空隙的大小，再慢慢匍匐过桥，直到摸过整座铁轨。

回到家时，天已经亮了。等待了一整夜的母亲见到我，立即红了眼眶，半天才说出一句："听说台北城被炸了，我还以为你已经没了。"说完，母亲双手合十，朝着天空膜拜，口中念念有词地说："感谢天公伯仔保庇！感谢天公伯仔保庇！"

明星，冉冉升起

油甲粿，this way

“二·二八事件”爆发后隔年，台北城街头总算稍稍平静，阿锥蹲坐在中正西路九十六号（即今忠孝西路一百号）门前的小凳子上，捧着一本英文圣经，一边念着句子，一边背着英文单字。

这处店面是大哥所接收的日本屋舍之一。当时大哥和当局关系极好，接收了不少日本屋舍，并与来自上海的嫂嫂在此开起台湾特产店，卖些大甲席、草帽、手杖、皮件、牛角、筷子等物品，同时靠着外币买卖牌照，进行外币兑换买卖的交易。而阿锥因为占据台北一中的日籍学生撤走，得以从台北二中转回台北一中就读。为了就学方便，他离开新庄老厝，搬到中正西路与兄嫂同住，顺便帮忙照顾生意。

戒严来了，民间外币买卖被禁，外币一律只能到银行兑换。但公定价是一块美金兑换四块台币，民间“黑市”却可以拿一块钱美金兑换三十块台币，价格相差五六倍，大部分的外国人当然希望通过民间兑换，拿到比较高的价钱，大哥的特产店就是外国人口耳相传的兑换处。

这天，一位身材高大、西装笔挺的外国人来到店门口，望了阿锥一眼，礼貌点头便转进屋内。阿锥起身合起手上的英文圣经，跟着走进屋内，心想：“一定又是来换台币的。”外国人快速地挑了一顶帽子和一根手杖，来到柜台结账。他掏出二十元美金，用英文说：“可不可以请您找我台币呢？”阿锥没多说，数了台币递给对方。外国人道谢后，又用英文和他聊了一会儿。

望着外国人离去的背影，阿锥感受到一股不凡的气质，说不上来，却明显与其他前来兑换钱币的外国人不同。

往后这名外国人经常到店里来，有时买东西，有时兑换台币。他说自己名叫乔治·艾斯尼（George Elsner），来台湾之前在上海法租界任职，负责新建屋舍的检验。

一个下午，艾斯尼又来找阿锥，怪异的神色相比往常的从容十分不同。他问阿锥：“怎么台湾人每天一早都有人在通报‘this way’‘this way’，是不是战争要来了，想指引大家逃亡的方向呢？”他还说，自己和住在楼上楼下的俄国人都很紧张，怕是战事又要发生了。

阿锥一听也纳闷了，怎么会有人一大清早喊着“this way”“this way”呢？他承诺隔天早上到艾斯尼住处附近探个究竟，艾斯尼才安心地回去。隔天清晨，阿锥赶在上学前先骑国民车绕道金华街，在艾斯尼住处楼下站了一会儿，果然听见一对中年男女沿街叫喊，男人朝着这头高喊“油甲粿”，女人也附和朝另一头大喊“油甲粿”。两人浓厚的口音，听起来确有几分像“this way”“this way”。他忍住笑，买了一份烧饼油条上楼敲艾斯尼的门，要他别再担心，那不过是台湾人在叫喊早餐罢了。艾斯尼这才松了一口气，拎着烧饼油条上楼，一一知会其他外国人。

由于艾斯尼的关系，越来越多外国人来请阿锥帮忙翻译。有时请他帮忙买民生用品，有时请他陪着一起去看医生。因为日本殖民教育的时代刚过，即使是最顶尖的医生，操的还是日本腔英文，这些外国人生病了，却听不懂台湾医生的诊断。

有回阿锥放学回家，被一对俄罗斯夫妇拉着往台大医院走。途中俄罗斯先生向阿锥抱怨，怀有身孕的太太肚子已经痛了一个多月，但看诊的医师坚持不严重，来来回回看诊几次，惹得医生不耐烦，他们心里还是很不安。

三人来到医院，医生已经先认出这对夫妇，开口便说：“Your stomach, too little juice.”不料俄国先生当场翻脸，生气地直喊：“We aren't Jews.”双方争执许久，在阿锥的解释下，才弄懂原来医生要表达的是“你的肠胃水分太少，要多喝水”。但奇怪的发音让俄罗斯夫妇以为医生一口咬定太太肚子里有两个小犹太人。

类似的事件经常上演，阿锥乐得有机会练习英文。但满街贴满“反共抗俄”的标语，大哥怕他惹上麻烦，并不乐见他与外国人走得太近，尤其是俄国人。但阿锥既不了解政治，也不清楚美国人与俄国人的差别，所以还是继续与俄国人来往。

当时家人都以闽南语交谈，只要俄国人到店里找阿锥，便一律用闽南语回答：“阿锥抹治乀[①]！”久而久之，俄国人以为阿锥有一个在欧洲常见、俄国风味浓厚的名字Archiybold，便唤他为Archie。

日本人刚撤离台湾时，台湾人的语言依然以闽南语和日语为主，学习英文不时兴。尤其日据时代，美方是日本敌军，日本人严禁民众说英文，甚至连念字母和数字都会遭到禁止，因此一般人与英文的距离十分遥远。但国民政府播迁来台，大哥也从上海回来之后，便很明白地告诉我："过去是日本人殖民统治的时代，不得不学会说日文，现在台湾的美国人这么多，一定要学会说英文。"

无奈的是，当时许多老师都是从内地来台的，有浓厚的乡音，说英文的腔调重得令人难以分辨。还好当时大哥有一位曾经留学英国的朋友白先生经常到店里来，他见我坐在门前捧着英文课本或圣经朗诵，偶尔会要求我念上一段，再一一纠正我的发音。

最初和艾斯尼等俄国人交往时，他们并未表明俄国身份，我见他们高鼻子、大眼睛、白皮肤，也和许多人一样认定他们就是"米国人"②。有回听他们用俄文数钱，

“один、второй、три、четыре……”[3]，越听越觉得纳闷，“怎么和学校英文老师教的one、two、three、four不一样呢？”老师一定是教错了，我心想。因为平常老师的英文腔调就和外国人有很大的差距，所以老师教的可能是某个地方的英文方言，就像中国话有广东话和上海话一样。

隔天的英文课，我理直气壮地把听到的俄文数字念了一遍，并斩钉截铁地说：“老师！你教错了！外国人数数的方式和你教的不一样。”老师当场气得七窍生烟，严正地声明：“我念香港的大学毕业，怎么可能连英文数字都不会数？”直到隔了几个月之后，我才弄清楚艾斯尼等人讲的是俄文，不是英文。

鸡同鸭讲的事，也发生在明星开业前，当时艾斯尼问我哪里可以买到“flour”，但是台湾人习惯吃米少吃面粉，我对面粉并不熟悉，因此当他一提“flour”，我便以为他想要买花，硬是把他带到花市去，两人比手划脚半天，我才明白原来他是要面粉不要花；又有一回，艾斯尼要我去买些“sugar can”，我一听马上说：“有有有！台湾什么没有，这个最多。”转了几个弯，我来到市场的甘蔗摊，当下请摊贩削几根甘蔗给我。回到店里，艾斯尼一脸纳闷，两人比手划脚，才知道原来他要买的是糖罐，而我却以为他要买甘蔗。

因为时代背景，我可以讲闽南语、日语、普通话，后来又因学了点英文认识艾斯尼，进而从他身上学到一些俄语和一点点法语。长久以来，我的生活里头每天都有数种语言在转换，和亲友家人说闽南语、和台湾客人说普通话、和外国伙伴或客人说英语、和俄罗斯合伙人说俄语。事实上，我除母语——闽南语和普通话外，可能英语和俄语讲得都不似现在的年轻人流利，但庆幸的是，我在大哥的提醒下，在别人尚未意识到语言能力的重要之前，很早就开始接触英文，人生的际遇也因此大不相同。

六七十年过去了，再度咀嚼大哥当年的话，还是觉得有道理。如果说认识俄国人，让我的人生走上不一样的旅程，那么“通点外语”应该就是一张无形的通行票吧！

---

① 闽南语，意为「阿锥不在」。

② 米国人：闽南语的「美国人」。

③ 俄文「一、二、三、四」。

飞虎队运来的马桶

1949年，国民党军队在第二次国共战争中节节败退而撤退来台，又屡屡传来消息，说共产党即将进入台湾。大哥大嫂为了躲避战事而躲到五股，留下就读高三的阿锥独自看守店面。

这段期间，与当局关系深厚的“飞虎队航空公司”协助当局战后补给及撤退运输工作，台北街头不时可见金发碧眼的美国飞行员。因为飞虎队员经常出生入死，在炮火中协助国民党军队的补给和运输，因此薪资相当高，每飞一次勤务约有五百块美金的收入。这时美金与台币兑换比例不断浮动，台币继续贬值，在黑市一千块美金可以换到三四万块台币，在银行也可换到一万块左右的台币，与当时台湾人普遍只有几百块台币的月薪有如天壤之别。

刚开始来台的飞虎队员多住在圆山大饭店，但因队员人数众多，外加家眷与妻小，饭店无法长期容纳，因此政府又安排他们住进仁爱路、东门圆环、中山北路附近的日本宿舍。

可以想见，占地最宽敞、设备最舒适的房子一定分配给阶级较高的飞行军官，一般飞行员多半只能分到较为简陋或是空间较小的宿舍，因此不少飞行员开始自行寻找住处。在飞虎队员中，不少人娶俄罗斯女孩为妻，间接与艾斯尼熟识，想在人生地不熟的台湾寻找住处时，自然也请较早来到台湾的艾斯尼帮忙。

也许在其他台湾人看来，阿锥只是一个猴团仔，但在艾斯尼眼里，阿锥却是一个机灵又热心的年轻人。有天艾斯尼再度来到店里，他问道："Archie，你可以帮飞虎队找住处吗？"阿锥点点头，应该可以吧！问清楚美国人愿意以每月三千块台币的"天价"承租房子后，他开始四处打听。

"欧巴桑！你有厝要租人吗？"
"你一个团仔人要租啥米厝？没啦！"
"是米国人要租啦！讲是一个月可以出三千块的厝租……"
"米国人？一个月三千块？哪有可能？我哪系有十个厚生[4]嘛不可能赚到这么多钱！"
"真正啦！米国人讲要租一个月三千块！"
"真正有影？哪系安ㄋㄟ，阮租乎伊啦！"

消息传开后，附近房东全都找上门来，"少年仔，介绍米国人来甲阮租厝啦！""少年仔，阮ㄟ厝不错，米国人一定会甲意，你替阮介绍一下……"于是阿锥开始利用课后时间带着飞虎队成员或家眷四处看房子，从现今的中山北路、龙安街、林森北路、仁爱路一带，一共帮助十七个飞虎家庭找到台湾的落脚地。但住处有了着落，榻榻米卧房和茅坑式厕所却让这些美国人叫苦连天。他们既不习惯睡榻榻米，也不能忍受老式厕所的脏乱和臭味，因此希望在入住之前，有人能帮他们更换地板，并把厕所翻修为化粪池式马桶。

换地板不难，但使用茅坑的台湾人平常连马桶的影子都很难见到了，更何况是翻修？这群飞行员没有办法，又找上艾斯尼。艾斯尼问阿锥："可以找到工人和建材吗？"

他点点头，应该可以吧！小时候就听人说淡水河的第三水门那边有一个黑狗仔专门卖建材和中介工人，只要找他帮忙应该没问题。只是自己完全没有建筑经验，更不知道如何盖化粪池和装马桶，找到建材和工人又有何用？

艾斯尼只说了一句："没问题。"

艾斯尼的淡然给了阿锥一颗定心丸。他不再思考施工的困难，直接来到第三水门，从工人口中找到黑狗仔。同样的，黑狗仔见他还是一个小伙子，根本不把他的话当一回事，直到阿锥拿出美国人付的订金，黑狗仔才发现眼前这个小伙子不仅是认真的，而且还带来大笔生意。然而顺利透过黑狗仔找到水泥、砂石等建材和工人，却遍寻不着马桶。阿锥问黑狗仔，哪里可以买到马桶？黑狗仔摇摇头："确实曾经听人说过有一种可以立刻冲水的便所[⑤]，但台湾好像还没有这种东西。"

怎么办呢？阿锥向艾斯尼说起买不到马桶的窘境。艾斯尼又是沉静一笑："Archie，只要有工人和其他建材就好，剩下的不必担心。"随即他拿出一张化粪池建造蓝图，慢慢向阿锥解释如何盖化粪池，并要他照图教工人施工。阿锥不知道是否真能带领工人盖起在台湾还不时兴的化粪池和马桶,但他决定给自己机会去试，他明白，凡事只有在亲身试验过之后，才有资格去言成败，否则，一切都只不过是妄谈。

听说哥哥的店附近有一个生意做得不错的台湾人，从国外进口了一个马桶，刚盖好化粪池，阿锥特地前去拜访并意外开了洋荤，成了第一个试用者。坐马桶的感觉冰冰凉凉又舒适，当马桶冲走秽物时，那份清爽与他从小到大习惯使用的茅坑有天壤之别。他心想："原来马桶这么舒适，那我一定要学会怎么盖，不只盖给米国人用，有一天也要盖给自己和家人用。"

隔天，阿锥带着工人来到第一户飞虎队员家中，开始照着艾斯尼的指导一步步挖化粪池、筑水泥。几个年纪足以当他父亲的工人，私下虽然嘀咕着“这个猴团仔到底要做啥米？”但看在每天能够拿到三十块台币的高价工资份上，自然也愿意照着他的方式施工。而阿锥一边研究艾斯尼的蓝图，一边到已经试用过的邻居家实地勘查，边做边学，一个月后竟让他完成一座化粪池。

工人们见到猴团仔居然变出把戏，跟着兴奋不已。但突然间众人却又发现，马桶呢？有了化粪池，没有马桶怎么办？此时艾斯尼刚好走了进来，告诉阿锥：“到松山机场去载马桶吧！飞虎队已经用飞机把马桶运来了。”阿锥才知道，原来艾斯尼早就请飞虎队员自备马桶了。

那时，阿锥已从台北一中毕业，虽然大学联考也考上第一志愿，但因为不想再向兄嫂伸手，便决定放弃继续升学，全心投入飞虎队员屋舍的改建工作。几个月后，阿锥被自己的获利吓了一大跳，扣除材料和工人酬劳等等，手上居然还有一千元美金左右的盈余，在五块美金就可以雇用一位女佣一个月的年代，无疑是一笔巨大的款项。

阿锥将钱分为两份，拿了五百元美金送到艾斯尼面前。艾斯尼起身戴上帽子拄起枴杖，慢慢地回答："Archie，这是你的本事，这是你的钱。"说完便转身离去。阿锥手上握着五百元美金，望着艾斯尼的背影，突然预见这位来自异国的绅士将会是自己终生的朋友。

"我先帮你保管着这些钱吧！"他喃喃自语。

---

④ 厚生：闽南语的「儿子」。

⑤ 便所：闽南语，意为「厕所」。

过去，家家户户使用的都是茅坑，茅坑的脏臭就不必形容了，不过更伤脑筋的是挑肥这件事。那时台北火车站一带的水肥都集中到三重处理，台湾人取粪池的闽南语音“塞学仔”，因此将三重粪池处理场戏称为“三重大学”。一些爱说俏皮话的人被问起就读哪个学校，也常故意自嘲是“念三重大学”。

第一批飞虎队员住进日本式屋舍后，即使卫生状况已经较当时台湾人住的要好上许多，但他们还是受不了厕所无法冲水，更受不了每天例行公事的挑肥。当时每天清早，挑肥人会挨家挨户敲门挑肥，作业时整条街总是弥漫着浓浓的臭味。这对作息时间不定的飞虎队员来说，除了早上被吵醒是件痛苦的事，挑肥时发出的臭味更令人难以忍受，但不给挑又不行，累积一两个星期，后果可能更为严重，因此后来的飞虎队员才和房东商量，并找上艾斯尼和我，希望能先将住处的茅坑改装为冲水马桶。

马桶，对现代团仔来说，实在是再平凡不过的设备。但是对老一辈而言，可以冲水又亮晶晶的马桶简直稀奇极了，因为当时台湾还没有马桶这项建材，想要装设马桶的人有钱不一定买得到，必须由国外进口。在我所经手的飞虎队员屋舍改建工程中，每一个马桶即是由他们亲自或托队友带进台湾。

明星开业不久时，我甚至曾亲眼目睹两位身份地位都极具分量的人为了马桶而大打出手。明星开业后，我和艾斯尼也将店内的厕所改装为马桶和化粪池，当然马桶是透过飞虎队员进口。明星的邻居之一在政界和商界都颇有名气，见识过明星的厕所后，也通过渠道从日本进口一组马桶，并挖了化粪池，将厕所改装为冲水式马桶。

有天我在骑楼下听闻叫骂声，随即便见到两个人从隔壁邻居的楼梯上扭打滚下。好不容易把两人拉开后，才弄懂原来是原本的邻居把屋子卖给对方，但是对方在交屋后却发现马桶已经被挖走了。买主气不过上门找卖方理论，但卖方却坚持马桶是自己的，不能连同屋子一起卖，两人一言不和而大打出手。最后，在我承诺请飞虎队员帮忙进口另一组新马桶给买方，一场马桶抢夺战才告平息。

如今再说起这件事，听者总是笑说不可思议，但我经常怀念物资贫乏的时代。不要误会，我说的不是打架这件事，而是人们对于物品的那份珍惜。那时物品取得不如今日这般容易，生活条件不似今日这般便利，但生活里却少有浪费和奢侈。不少人听我回忆那段岁月总会回应："实在是好辛苦啊！"事实上，我反而觉得那是段踏实而快乐的日子，因为得来不易，更懂得细细品味，其中的滋味也因而更加令人怀念！

城隍爷，承让

飞虎队屋舍改建工程继续紧锣密鼓地进行着。工人们为了方便赶工，经常捧着铁饭盒就地进食。有天，艾斯尼看着工人大口扒饭，突然若有所思地对阿锥说：“Archie，你知道哪儿可以买到面包吗？”

阿锥这才注意到，认识艾斯尼三四个月，却很少见他吃米饭。原来，这位来自北国的朋友还是吃不惯南方米食。阿锥先是带艾斯尼到附近的中式糕饼店寻找，但是看到红龟粿、凤片糕、馒头等中式点心，艾斯尼马上摇头：“不是这个。”阿锥想起在延平北路一带似乎曾见过面包店，因此带着艾斯尼转往延平北路继续寻找。这下果然让他们找到面包店，一见到面包店，艾斯尼开心极了，但是买了一个吃了几口，又叹气说道：“这不是我家乡的味道。”

回程的路上，虽然艾斯尼的举止和平日没有两样，说话依旧彬彬有礼，行走依旧优雅稳健，但阿锥看得出来，他的眉宇之间有股很轻很轻的落寞。那一瞬间，阿锥读懂了艾斯尼眼底心上的浓郁乡愁，中国人说“客游经岁月，羁旅故情多”，对于艾斯尼这样一个飘零异乡的俄罗斯人来说，思乡不能自已的时候，如果能吃上一口饱含家乡味道的食物，那一定是无可比拟的慰藉吧。

走着走着，两人的交谈变得很少，阿锥不知该说什么才好，只能将目光放在艾斯尼的手杖上，仿佛随着手杖移动，就能在平淡无奇的路面寻到新话题。突然间，艾斯尼开口了：“我们来开一家面包店好不好？”

艾斯尼接着说，来到台湾的俄国同乡在台湾过得很不习惯。因为俄国人不似美国人那么有钱，只能住在租金比较便宜、设备比较简陋的旧房子，通常这些房子都没有浴室，只能使用附近的澡堂。对不习惯和其他人共浴的俄国人来说，冬天可以忍个几天再洗，夏天可以冲冷水，但饮食就很难克服了，因为在台湾几乎找不到俄国口味的食物，特别是面包。“如果像在上海一样，由俄国人自己开一间面包店，我和同乡的饮食问题就可以解决了。”

阿锥笑着点点头，他不知道自己为何如此开心，但仿佛乌云中见到阳光，他为这位北国朋友的想法感到兴奋。艾斯尼探询：“可不可能利用你大哥店面后的那间日本宿舍来开店？”

阿锥回家试探性地问哥哥：“如果俄国人想跟我们租房子开店，好吗？”话才讲完，哥哥马上一口回绝：“你不要命了吗？现在政府整天都在鼓吹‘反攻大陆’，跟俄国人的关系也特别紧张，你跟他们来往，还帮他们租房子，不怕被杀头吗？”

阿锥吃了一顿排头，却不好意思向艾斯尼明说，便私下四处打听出租店面的行情。有天他闲逛到武昌街城隍庙附近，从人们口中得知城隍庙对面的店面一直卖不出去，“那间房子正对着庙口，谁敢租？”“是啊！厝顶起得比城隍爷坐的地方还要高，一定会‘被煞到’。”阿锥好奇一问，原来武昌街一段七号的屋主高玉树律师（曾经以无党籍身份竞选第一任台北“市长”落选，曾任第二、五任台北“市长”、“交通部长”等职务）计划卖房子，后来卖不掉，只好贴出“出租”的红条子。但不管是出售或出租，人们只要看到房子位于“庙冲”，马上擂起退堂鼓。

阿锥想，这也许是个机会，便回去与艾斯尼商量，这时艾斯尼已经募集到几位愿意入股的俄国同乡。阿锥告诉艾斯尼，武昌街有一间店面要出租，但是对面有一间庙宇，不知道他们会不会介意？信仰东正教的艾斯尼很纳闷：“为什么要介意呢？”令阿锥更惊讶的是，艾斯尼看过房子之后，很开心地向俄国同乡们告知房子的地址是“Seven”，其他人也都认为这是个幸运的起头。这下换成阿锥纳闷了，为何台湾人眼中的庙冲地，在外国人眼中却成了幸运地？直到艾斯尼向他解释：“Seven”在圣经里头是一个圆满的数字，西方人称之为“Lucky Seven”，他才明白对俄国人而言，能够租到地址为“Seven”的房子，无疑是个好兆头。

几位俄国人集资后，委托阿锥与屋主高玉树洽谈。但回到台湾人之间的谈判桌上，阿锥又成了别人眼中的猴囝仔，高玉树不相信一个年轻小伙子有能力租一间店面，因此故意将月租由一千台币提高到两千，想让阿锥知难而退。阿锥只好向高玉树表明，房子是一群俄国人要租的。不料高玉树听到“俄国人”更是紧张，坚持不把房子出租。

阿锥只好拿出有关当局发给其中一位股东布尔林（Burin）的中国国籍证明，从上面的职业“‘参谋本部顾问陆军大学兵学’教官”，证明这些白俄罗斯人大多曾担任国民政府的军职，把房子租给他们并不需要承受政治压力。高玉树虽然半信半疑，但考虑到房子很难租给台湾人，加上这群白俄人愿意以两千元台币月租承租，只好勉强同意。

1949年10月30日，武昌街一段七号门口挂起一块英文招牌——ASTORIA，一楼是面包店，二、三楼作为咖啡厅。前往城隍庙拜拜的人们都很惊讶，居然有人敢在城隍爷面前动土，暗暗等着哪天就要发生不测。但日子一天天过去，看着来来往往的外国人从屋内走出时的那份悠闲与满足，闻着不时飘出的面包香和咖啡香，城隍庙的信徒和ASTORIA的邻居纷纷讨论着：“哪一天也要上到二楼坐看看，顺便试试外国人喝的咖啡到底是什么滋味？”

六十年前，选在城隍庙前开业，确实受到许多人的质疑。一来是因为台湾人祭拜时会先到庙前广场拜天公，明星的位置恰巧是人们祭拜的方向，所以被视为对天地不敬；二来是因为明星有三层楼，高于当时只有一层楼的城隍庙，对于城隍爷更是不敬。

但不同文化造就不同观念，俄国人开心地选择在此地卖起家乡味，这间房子也成了这群异乡人飘零异国之际，用以聊慰思乡之愁的温暖园地。多年来，我始终认为是城隍爷默默地庇佑着这群俄国人，也始终心安理得地守护着明星。倒是因为庙前广场通常是人潮聚集之处，明星这幢老屋也因此看尽地方事件的演变和潮起潮落。

1953年，明星的股东们从高玉树手上买下武昌街七号一至三楼，高玉树则保留武昌街九号作为办公室，并于隔年以无党籍身份竞选第一任“台北市市长”。当时无党籍被和反政府主义划上等号，加上第一任台北市长选举格外受人瞩目，因此情治单位对他的一举一动相当注意。高玉树经常选在城隍庙前广场发表政见，情治单位为了就近监看，便商借明星作为办公地点，由情治单位人员坐在二楼咖啡厅靠窗位置全程紧盯他的言行。

还有，因为台北城内一带过去属于“城中帮”地盘，刑警若接到黑道火拚情报，也总是坐在明星靠窗位置监视。有一回，明星突然接到五分局（现为中正一分局）电话，说是刑警要到店里监视帮派份子，不一会儿，几位便衣刑警已经坐进咖啡座。果然，没多久各自带着武士刀的两个帮派谈判破裂，正准备在城隍庙旁边的巷子火拚，刑警立刻通知分局派员逮人，很快便平息了一场流血冲突。当时没收的十多把武士刀还曾经暂时寄放在明星的办公室，看得艾斯尼和其他几位曾经参与战争的俄国人都摇头。

真有趣，不是吗？当初人们口中的不祥之地，之后却成了刑警平息流血冲突的根据地。诚如城隍庙大殿的对联：“心存善念何需天天焚香祝祷，心怀不轨提防半夜手镣脚铐”。只要心存善念，不做亏心事，何必担心身处庙冲之地呢？

异国合伙人

也许真是吃麦片吃怕了，ASTORIA像是一磁铁，吸引了许多来到台湾的白俄罗斯人。当艾斯尼登高一呼，决定开设ASTORIA时，不少俄罗斯人都参与入股。

小股东是有的，但主要股东为六个背景不同的白俄罗斯人：艾斯尼、布尔林、列比利夫、拉立果夫、妮娜和帕索斯基。

六人当中，艾斯尼拥有最大股，担任统筹和经理角色；布尔林是上海霞飞路ASTORIA的老板之一，曾拥有两家ASTORIA，一家人都会制作面包；列比利夫（Levedwe）负责生产俄罗斯软糖及火腿；兵工厂顾问拉立果夫（Larikove）以一台从上海霞飞路ASTORIA运来的大冰箱代替现金入股，只投资不参与生产，平日仍在“联勤总部”上班；前“立法委员”张大田的俄罗斯籍太太妮娜（Nina）也是重要股东，夫妇俩从热河带了三位师傅加入面包制作；画家帕索斯基（Nadejda Tpassovisky）股份最少，虽然未参与经营或生产，但精湛的画作为ASTORIA增色不少。由于布尔林已经加入中国国籍，具有中国人身份，经过协议后，以他的名义申请营业执照。

阿锥碍于家人的担忧，不敢正式担任股东，只能偷偷将投资的五百元美金交给艾斯尼，但是店内需要的器材、建材和装潢却多半由他张罗，并且私底下埋单。咖啡和制作面包所需要的奶油、椰子粉，则由艾斯尼负责进口。艾斯尼精通俄、美、法、西班牙语，人脉极广，即使在ASTORIA开业隔年爆发朝鲜战争，进口物资取得不易，他仍可透过与飞虎队以及法国大使馆的交情，拜托他们带咖啡豆到台湾，让ASTORIA的咖啡香始终不间断。

然而，中国在朝鲜战争中的态度，却让许多白俄罗斯人忧心忡忡。他们当初之所以背井离乡，辗转从自己的国家来到台湾，即是为了逃离战火、安居乐业。如今，两岸关系十分紧张，战事随时可能爆发，不少白俄人都计划离开台湾，移民到另外的地方。许多俄罗斯小股东纷纷出清手上股权，帕索斯基也在1952年将股权卖给阿锥，带着妻子坐了三个月的船移民到澳大利亚。

1953年，ASTORIA股东决议将武昌街七号一楼至三楼买下，但是布尔林担心台湾局势动荡，拒绝继续投资，并将股份卖给阿锥，随后全家移民至巴西。此后面包制作生产改由列比利夫的妻子负责，时隔一年，列比利夫也决定离开台湾，ASTORIA的面包和餐点制作开始由妮娜与张大田夫妇带来的几位热河师傅挑梁。此时，在台湾的俄罗斯人已经越来越少了，罗宋、楞杖、小丑等俄式面包的销路也逐渐下滑，ASTORIA只留下例如可颂、小丑和麸皮等几项台湾人接受度较高的面包产品。

最后，连艾斯尼也想离开了。艾斯尼和一位移民至美国的俄罗斯红粉知己始终保持书信往返，1958年，对方建议他不如将ASTORIA卖掉，因为只要有一万美金就能在美国过不错的生活，所以艾斯尼积极要阿锥找人估价，希望ASTORIA能够卖个好价钱，让他可以如愿到美国与友人相会。此时股东只剩下拉立果夫、妮娜夫妇、艾斯尼和阿锥四位股东，虽然所有人都同意出售，但因庙冲的老问题，出售过程并不顺利。

1960年，出现一位同意出价一百二十万台币买下武昌街七号的买主，双方讲定价钱并进入买卖程序后，旋即买方又反悔，只同意出八十二万五千元，而且增值税要由卖方全部吸收。

难题出现了，拉立果夫与妮娜夫妇执意要以一百二十万的卖价为基准来计算自己应得的比例，并坚持要艾斯尼吸收所有的增值税。

“我们同意出售的价钱是一百二十万，现在当然要拿到这么多钱。”

“是你决定要卖的，不够的钱你当然要想办法。”

“增值税也是因为你要卖才会产生，当然也要由你吸收。”

股东会议上，拉立果夫和妮娜的丈夫张大田你一言我一句，艾斯尼虽然据理力争，却敌不过两人的气势，最后落得除了几万块的股利，其他一无所有。阿锥坐在席间，听着几位年长他许多的股东以俄罗斯语激烈争执，一时之间也傻住了，想不出几句俄罗斯话来回应。

拉立果夫与张大田悻悻然离去，阿锥与艾斯尼静默对坐在办公室里。认识艾斯尼十一年了，阿锥第一次在他脸上见到如此深沉的落寞与激动。那落寞与激动，掺杂着美国梦碎的失落，也掺杂了遭到好友见利忘义对待的心痛。他仔细望着面前这位轮廓分明的白俄罗斯人，才发觉在他流落异国的这些年，原来的英挺与帅气不知何时已化作老迈与失意。

但比起股利分配的不公平，更棘手的是艾斯尼立即面临无法居留的窘境。艾斯尼拿的是“无国籍”护照，当ASTORIA结束营业，官方立即以他没有工作为由，不再换发工作签证给他。俄国不能回，台湾不能待，美国不能去，这下艾斯尼怎么办呢？此时已经结婚成家的阿锥悄悄和新屋主商量，并以太太的名义将原店址租下来，重新点亮ASTORIA的招牌。待一切都打理好，他带艾斯尼重返店内，“ASTORIA还在，你还是这里的顾问！”艾斯尼点头没有多说，眼里的泪光却掩饰不了内心的激动。

为了让事情简单，隔年阿锥靠着经营其他事业的获利，由新屋主手上重新买回武昌街七号。ASTORIA的招牌也于1954年因应时局加上中文字。挂上中文招牌的那一天，制作字模的工人仔细地将“明”与“星”两个字，黏挂在“ASTORIA”两侧。阿锥知道从那一天开始，这家咖啡面包屋的白俄时代即将结束了，那些跳着俄罗斯舞、喝着VODKA、高喊“那达[6]”的俄罗斯庆聚会和晚宴，从今往后就要烟消云散了……

阿锥站在骑楼外看着新招牌，脑海突然闪过上海霞飞路的景象，这才想起原来自己在许多年前已经就和ASTORIA结下缘分了。

⑥俄语，意为「干杯」。

先不说别人，ASTORIA刚开幕时，就连我也觉得新奇，因为当时的台湾建筑，地板不是黄泥土就是水泥地板，但ASTORIA却是满室木质地板，并以咖啡渣在地板上铺出一条走道，客人一走上楼梯就可以闻到浓浓的咖啡香，“色香味俱全”的装潢方式让我也大开眼界。

当时台北市尚未有观光饭店，明星的夜生活几乎就是台北的夜生活。每逢举办晚宴，男士们一律穿着西装打领带，女士一律穿着礼服或套装，穿着不得体的客人往往会被艾斯尼挡在门外或是请出去。宴会上除了有人即兴表演口琴等乐器，也常有人在酒后兴起大跳俄罗斯舞。但是这类狂欢、庆祝通常是在圣诞节或是元月十三日的俄罗斯新年比较容易见到，否则在一般的用餐宴席中，这群俄国人相当讲究饮食和饮酒的气氛与步骤，光是饮酒从开胃酒到餐后酌酒，就要有四种不同杯子而且少有整杯干杯的现象，都是小口小口啜饮。

某天一位脾气很冲的邻居突然上楼来喝咖啡，客人全被他脚上的日式大木屐踏在地板上的响声所惊动，艾斯尼见状便请我出面劝说。我将他请到一边，表明要请他喝咖啡，但对方不领情，气冲冲地回道：“我自己没钱喝咖啡吗？”我向他解释自己没这个意思，并问他咖啡好不好喝，他点点头说还不错。一阵闲聊之后，我问他：“你父亲的收入应该很好，经常宴请宾客，是不是要请他给你买一双鞋，让你下次来喝咖啡时可以穿上鞋子。”对方闻言立刻横眉竖眼：“喝一杯咖啡有什么了不起，骗肖仔！”然后又故意用力将木屐蹬出更大的声响，忿恨不平地走出店外。

事实上，警察也常在大街小巷取缔穿着木屐者，没多久这位仁兄因为穿木屐被警察取缔，并和警察吵架而被抓进分局。可能是因为不敢让家人知道，竟打电话到店里向我求救。我将他保出后，趁机告诉他：“不论任何人来到我们店里，都应该受到尊重，我和俄国人都相当尊重你，但也希望你能尊重其他客人。”此时他才没了气焰，低头轻轻地回了一声：“噢！”

确实，即使是在咖啡稀少的年代，喝杯咖啡也没什么大不了，但重要的是卖咖啡的人背后的那份心意。当时ASTORIA主要用的是“SW”及“Hill Brother”两种咖啡豆，另外还搭配一种俄国咖啡，不过碍于政治因素，对外都只宣称是“马尼拉咖啡”。很特别的是，从开幕初始，艾斯尼就坚持进口咖啡豆，再研磨、冲泡，或者更正确来说，在外国人的生活习惯里，喝咖啡原本就是要从咖啡豆研磨开始，因此当后来他们听说台湾其他跟进的咖啡厅都以咖啡粉去冲泡，无不显得惊讶。

在参与ASTORIA经营之前，我自己未曾喝过咖啡。刚开始喝的时候，我也纳闷为何这一杯杯苦涩的黑水，竟能够吸引不同国籍的外国人特地前来。后来我渐渐发现，艾斯尼卖出的咖啡，不只是为了营利，更有替同在异乡的外国人着想的心意；而走进ASTORIA的外籍人士，为的自然也不只是咖啡或面包，更重要的应该是这里的家乡味。

而今，我七十多岁了，每天喝上一杯咖啡，是最重要的例行公事。每次闻到咖啡味，还是会想起艾斯尼的坚持：“一磅咖啡只能煮四十五杯咖啡，这是质量，也是良心。”

他名叫简锦锥，家人都叫他“阿锥”。

—

母亲忙着耕种，又要照顾最小的弟弟，

无暇将太多的心思放在我身上。

我平常快活倒也是快活，却总觉得不够新鲜。

—

1949年10月30日，武昌街一段七号门口挂起一块英文招牌——ASTORIA，

前往城隍庙拜拜的人们都很惊讶居然有人敢在城隍爷面前动土。

ASTORIA

明星西點麵包廠
ASTORIA
明星

WILLIAM HUNT & CO
星 明

挂上中文招牌的那一天，制作字模的工人仔细地将“明”与“星”两个字，黏挂在“ASTORIA”两侧。从那一天开始，这家咖啡面包屋的白俄时代从今往后就要烟消云散了……

ASTORIA
TEL 37370
CAFE CONFECTIONERY

CONFECTIONARY

挂上中文招牌的那一天，制作字模的工人仔细地将“明”与“星”两个字，黏挂在“ASTORIA”两侧。从那一天开始，这家咖啡面包屋的白俄时代从今往后就要烟消云散了……

台北不是我的家

落难的俄国皇族

让他回家，好吗？

因为原谅，所以慈悲

回来吧，亲爱的尼吉

落难的俄国皇族

艾斯尼的年纪足以当阿锥的父亲，阿锥也一直称他为Uncle。一起改建飞虎队屋舍时，艾斯尼并未明确地向他表明出身，只透露自己曾经在上海法租界担任过建筑工程师，协助军方盖房子。但是相识久了，乡愁越来越浓了，艾斯尼还是忍不住从老皮箱里翻出一张张从俄罗斯带来的照片，以及一张写满俄国名字的同学录，一点一滴地对阿锥诉说自己的人生。

“这些是俄罗斯贵族学校的同学，圈起来的是已经过世或是已经联络不上的。”“我们每隔一段时间就会互相联络，修改自己的联络方式，改好以后再将资料寄到下一个国家，给下一个同学。上一次在法国的同学以为我住在武昌，还把信寄到那儿去了……”艾斯尼慢慢说，阿锥静静听。尽管对方的表情和语调都很和缓，阿锥却听出了海桑陵谷、人事变迁的深深无奈，听出了旧友星散、相会无期的浓浓感伤。

第一次听到艾斯尼提起自己的贵族身份时，阿锥并不惊讶，因为早在哥哥的店里第一眼看到这位外国人时，就知道他一定是出身不凡。

艾斯尼身上留着俄国皇族的血统，本名为George Elsner ConStanIII ENobche，是末代沙皇尼古拉二世的亲戚，也是负责保护沙皇安全的皇家侍卫团团长。1917年，俄国共产党人发动革命，推翻了沙皇尼古拉二世的统治；1922年，保皇派与革命队伍的战火持续蔓延，英、美、法、日都派兵参战，但随着时间的推移，美国率先撤兵，连带其他国家也跟着退出战场，俄国皇军节节败退。最后，艾斯尼只能率领部属逃入中国东北的哈尔滨，随后辗转到上海的法租界，协助法军进行新建房屋的检验。

曾经，艾斯尼还拿出尼古拉二世家族照片，一一指着照片上的人告诉阿锥，这位是皇后，这三位是女大公，还有这位小皇储总是让尼古拉二世很担心，稍微碰撞一下就肿得吓人，身上总是青一块紫一块。后来一位中下层阶级的农夫治好小皇储的病，沙皇和皇后因此非常宠爱这位农夫，引起军官、百官和资本官的不满，但中下阶层却又起身声援那名农夫……

艾斯尼闭上眼睛，记忆越过时空回到当时的杀戮战场，他痛苦地回忆道："农民拿着镰刀围住皇宫，军队竟然拿着枪支扫射农民，这样的统治阶级怎么会不灭亡呢？"俄国的历史，阿锥不懂，但他可以感受艾斯尼对于战争的深恶痛绝。一次阿锥和全家人陪他到海边出游，艾斯尼抓起一把沙子，捏得手掌爆起青筋，沙土从指缝中流了下来。他摇摇头："沙子一定要双手好好一起捧，用力捏只会得到越少；政府对人民也不能用武力，否则人民一定会反抗的。"

逃到中国那年，艾斯尼才二十二岁。烽火起起落落，他从青年变成壮年，再从壮年变成中年，离开上海来到台湾时，已经将近五十岁了。动荡的大时代将他与故乡的距离拉得越来越远，但思乡的心情就像一瓮苦酒，越陈越烈。他从烽火中随身携带的一只小木箱，彷佛一个通往故乡的隧道，每到夜深人静，他便静静地翻出木箱内一张张斑驳泛黄的照片，静静地、细细地端详……

这一切，阿锥都看在眼里。早些年为了让艾斯尼有个稳定的栖身之处，他在林森北路（当时名为中山北路七条通）买下两间比邻的房舍，安排艾斯尼与自己、家人住在隔壁，方便就近照顾。但是住的地方可以安排，心里的空洞却难以填满。自己又能为他做点什么呢？

1956年，知名影星尤·伯连纳与英格丽·褒曼主演的《真假公主》在台湾上演，阿锥听闻故事内容正是俄罗斯真假末代公主的故事，便与妻子带着艾斯尼前去观赏，希望聊慰他的思乡之情。但是当故事透过投影机的光束一幕一幕映在银幕上，阿锥就一点一点地后悔了，因为他在艾斯尼的脸上，见不到任何欣喜，反而只有难以言喻的悲伤。

走出戏院，艾斯尼悲愤难平地说："乱演！这戏根本是乱演！这世界上哪里还找得到安娜塔茜雅公主呢？"三人由西门町走回武昌街，走着走着，艾斯尼彷佛再度被记忆的獠牙刺伤，痛苦地说道："如果我没有中弹，如果我能早一点赶到，也许沙皇一家人就不会死了……"望着他脸上的伤痛，阿锥和妻子的喉头像是被什么东西卡住了，一时全说不出话来。

那天，阿锥才知道，原来艾斯尼颈上的旧伤是通往时代剧变的一个深渊。沙皇失败的那一夜，布尔什维克军人曾与沙皇的军队展开了激烈的枪战，艾斯尼因为颈部中弹失去意识。当他从血泊中醒来，带着部属赶到西伯利亚的乌拉山区，布尔什维克军人已经离去，但战争所留下的血腥画面却让他无法克制地对着天空嚎啕大哭。"沙皇一家人全被处决了，一个都不留，他们的遗体甚至都被泼了硫酸和汽油……”自己是如何走出那片森林的，艾斯尼已经不记得了，但尼古拉二世全家的遗体蜷缩、焦黑的模样，多年来始终难以自他脑海中抹灭。

在ASTORIA股东纠纷之后，艾斯尼陷入抑郁寡欢。被好朋友出卖的愤怒以及无法离开台湾、与亲友重逢的失落，终究让他积郁成疾以致中风。1961年12月，艾斯尼倒卧在明星二楼的厕所内，被紧急送往医院。尽管如此，他始终离不开明星。住院三天之后，他再度坐着公交车从医院来到武昌街，拄着枴杖，一步一步沿着阶梯爬到二楼靠窗的老位置。

此后的十二年当中，中风七度来袭，但直到最后一次住进医院之前，艾斯尼到明星报到的习惯始终不曾改变。别人老劝他留在家中休养，但阿锥却天天帮他在明星二楼保留一处“专属特别座”。他和艾斯尼虽然都没有说，但他们彼此都清楚，对艾斯尼而言，明星不止是一间西点咖啡屋，更是异乡的另一个“家”。远在北国的家回不去，至少也要回到飘着故乡味道的地方！

五六十年前，和外国人来往密切，在台湾人眼中似乎是件怪事。特别是在帮飞虎队改建住处赚了一点钱之后，很多人都在背后笑我："伊要去乎外国人做仔[①]。"甚至在我的婚礼上，大哥所请来的证婚人也在致词中介绍我是"乎外国人做仔"的那个少年郎，让我当场不知如何回应。事后，我的母亲相当不能谅解地质问我："你要乎外国人做仔，为啥米拢没讲？你好歹要讲一声！"

我常常想，还好艾斯尼不懂中文，否则对于这些反应，应该也会感到不自在吧！我与艾斯尼可谓忘年之交，即使刚认识时我只有十八岁，但在他眼里，我不是一个毛头小子，而是一个值得信赖且可以独当一面的好朋友。而他之于我，不只是带领我走上一条特殊的人生道路，更在潜移默化中给了我许多深刻的影响。

艾斯尼中风前，我特地买了一栋房子让他居住；艾斯尼中风后的十二年里，我为他请看护，并把他当成亲人一样陪伴照顾。在别人眼中，我为他所做的已经不亚于一个孩子对父亲的关怀。但比起他的言行带给我的种种影响，我总觉得这些回报不算什么。

可能是因为出身皇族的关系，自幼接受过系统的皇家礼仪教育，艾斯尼不管是言行或举止，都展现出充分的得体与气度。平日的生活节俭却不失品位，偶尔面包和浓汤就是一餐，但用餐的礼仪却不曾因此而减少，优雅的步调亦不曾因此而改变；经常穿着的西装不脱那两三套，有的甚至已经穿了许多年，但即使是在生病之后，也始终保持一身的洁净与笔挺。

最让我难忘的，还是他不轻易接受他人好处的坚持。那一年，朋友听说我们将一同到西门町的万国戏院看《真假公主》，好意送来电影票，到了戏院门口，艾斯尼却掏出三块半，坚持要自己负担电影票的费用。平常看惯了因抢着付账而拉拉扯扯的画面，本以为自己会为那三块半与他在戏院门口僵持，但他只是轻轻地说道："Archie，不管那是不是朋友送给你的，我都应该付自己的费用。”顿时，我看到的不是一个落难的俄罗斯人，而是一个将自尊摆在最前头的欧洲贵族！在他笃定的神情与不疾不徐的语气中，我只能默默地从他手中接过钱。

整建飞虎队屋舍的过程中，我一直认为这些生意是因他而上门，我和许多台湾人都是因为他才能找到头路。那几年，我们一边合作开设ASTORIA，一边继续改建宿舍工程，但我几次想要将获利与他均分都遭到拒绝，只能私底下将那些钱用来为ASTORIA买器具和材料，让他不需要为了张罗资金而伤脑筋。有一回，一位美国驻台高官对改建成果大为满意，付了一大笔钱当作工程款。当天我送了一半金额到他面前，但经济状况不甚理想的他再度拒绝，强调自己无功不受禄，并要我别再提起这些事。这份情义和风骨，让我永志于心。我时常感慨，钱真的是一样非常奇怪的东西，它能够试炼出有些人的自私畏葸，也能够试炼出另一些人的正大磊落。

几年之后，我特别在中山北路一段（今林森北路）买下两栋相邻的房子，一栋作为我和妻小的住处，另一栋则安排作为他的养老居所，也算是我回报给他的礼物。

“吃人一口，还人一斗”，我在自己的土地上却受到一个落难异域的俄罗斯人提携，怎能不知恩图报呢？这段长达二十多年的异国友谊，又岂是金钱或是物质所能取代呢？

---

①闽南语：意为「他是要让外国人当儿子的。」

让他回家，好吗?

1973年8月12日，艾斯尼病逝于台北疗养院。阿锥在新生南路的怀恩堂为他举行告别式。最后告别时，阿锥弯腰亲吻艾斯尼的额头，轻轻地对他说道：“Uncle, go back to God's side.”突然，阿锥的领带卡在棺木边缘，隐隐约约勾出一把钥匙的形状。他心头一震：“难道Uncle是在提醒我，日后也要好好守着明星？”他压抑住复杂的情绪，与三位俄国人一同为艾斯尼盖上棺木，并在棺木上覆盖上俄国国旗，一路将这位老友送到北投的墓地。

灰色的天空下，工人挖掘着坟土，将棺木入土，立起写着俄罗斯文的墓碑。阿锥用手抹去墓碑上的尘土，墓碑顶端露出“CROWN”的字样，那是阿锥特别请人雕刻的，也是对于一个落难异国的俄罗斯皇族的特别纪念。

艾斯尼往生前一两年，语言能力随着体力一天天退化，原本精通的英语、法语、西班牙语能力全都消失，只剩下记忆最深处的母语——俄罗斯语。一位曾经采访过艾斯尼的国际媒体记者恰巧到明星进行采访，听到艾斯尼满口难懂的语言，摇摇头对阿锥说：“他已经老糊涂了！完全是答非所问。”阿锥闻言马上将对方请走，气愤地说道：“艾斯尼先生一点都不糊涂，他所说的百分之百正确，是你自己听不懂的俄罗斯话！”

记者被阿锥的怒气吓到，不懂平日温文的阿锥为何突然发火？其实，阿锥之所以生气不只是因为对方的失礼，还因为自己的无能为力。当这位可敬的异国朋友已快走到生命的尽头，朝思暮想回到北国故乡，自己却一点也帮不上忙时，其中的怅然和懊恼冷不防就会被撩起。过去，艾斯尼可以用流利的英语、法语、西班牙语和来自各国的友人交谈；现在，不管任何人来到他的面前，不管用任何语言和他交谈，他永远自顾自地用俄罗斯话回应。渐渐的，来探望的朋友越来越少，但他提起俄罗斯往事的次数越来越频繁。没有人听懂他的话时，他总是生气地拍打着自己的额头。

一个下午，阿锥在住处陪着艾斯尼，外面传来一阵阵“刷、刷、刷”的声响，原本静静坐着的艾斯尼突然起身，拄着手杖跌跌撞撞奔到门外。阿锥见状追了出来，只见艾斯尼像是在寻找着什么似地四处张望，但街上除了几个正在用圆锹清理水沟污泥的工人，和往日的景象并无特别。

阿锥将他搀扶回屋内，用俄罗斯话问道：“Uncle，怎么了？”艾斯尼泪流满面地说：“下雪了！下雪了！我听见铲雪的声音了！”原来平凡无奇的铲泥声，在回不去北国的老人家听来却如同故乡铲雪声那般教人激动。阿锥鼻头一酸，不忍将他从埋藏了几十年的回忆里拉出，“是的！下雪了！和你的故乡一样，下雪了！”尽管知道亚热带的台湾不可能出现北国的霜雪，但是那一刻，他多么渴望老天爷能够赐下一场瑞雪。他知道，此时的艾斯尼，身体虽然已经极度虚弱，归乡的心情却比任何时候都更加迫切。死亡剥离了其他的附丽，让阿锥在这一刻直抵老人家的灵魂：倦鸟知还，狐死首丘。他对家乡的想念，实在是至死不渝啊。

艾斯尼往生后，明星二楼靠窗的老位置依旧为他保留着。进进出出的客人都很好奇，为何有张桌子天天摆着一杯咖啡和一小盘点心，却不曾见过点咖啡的人出现？阿锥甚少对人提起那是对一份难得友谊的纪念，偶尔，遇到困难的时候，心情烦闷的时候，或是打烊想要歇息一会，他都会像往昔一般，坐下来和这位忘年老友喝一杯咖啡，默默品着彼此共有的人生况味。

日子一如往常地过着，在别人心中，艾斯尼逐渐成为明星墙上照片中的异国过客之一，但阿锥没有一刻忘记老友的心愿。

1973年秋天的一个清晨，阿锥先在右手戴上自己的手表，再于左手系上艾斯尼生前配戴的同款手表，然后小心翼翼地再将嵌有艾斯尼照片的磁盘放进行李箱中。一切准备就绪了，他轻轻地对着左手的手表说："Uncle，走！我送你回俄罗斯！"从台北到桃园机场，几度转机来德国柏林。阿锥下飞机时，一位高大的德国男子已经等在入境处。两人碰面，一个拥抱取代千言万语，男子开口："Archie，你确定要去吗？"阿锥点点头，毫不犹豫。

三天后，阿锥在这位德国朋友的掩护下顺利通过苏联海关，辗转来到正要进入雪季的圣彼得堡（当时名为"列宁格勒"）。踏上老友的故乡那一刻，阿锥激动莫名，刺骨的北风吹得大衣嘭嘭作响，但他心里异常温暖与踏实。"原来这就是Uncle口中的圣彼得堡啊！原来这就是他朝思暮想的故乡啊！"他望着手上的表喃喃自语。

"Uncle的家人或朋友也时时等着他吧！"阿锥想，若是能将艾斯尼的消息带给故乡的家族后代，对方应该也会感到欣慰吧！带着兴奋的心情，他和德国朋友照着艾斯尼木箱中的几个地址一一寻找，但一整天下来，得到的答案不是"没有这个地址"就是"没听过说这个人"。阿锥像泄了气的气球，一旁的德国朋友显然也不抱希望地说："唉！早就人事全非了！"

阿锥低头不语。突然，远处教堂传来当当的钟声。像是被敲醒一般，阿锥大喊一声："对了！教堂！"便拉起德国朋友跑向教堂，因为阿锥记起艾斯尼生前曾经提到自己居住的地方有一间东正教教堂，每一个周日，他和家人一定会到教堂做礼拜。阿锥的东方脸孔很快引起教堂神父的注意。他用简单的俄语向神父解释自己的来意，表明希望能够找到艾斯尼的亲人或朋友，但神父才听到艾斯尼曾是皇家侍卫团长，脸色竟变得和神坛前的蜡烛一样惨白："没有！没有！我们这里不曾有过这样的人。"阿锥不死心继续追问，神父索性装作听不懂他的俄国话。德国朋友把他拉到一旁，悄悄地对他说："现在的局势你是知道的，谁敢说自己认识帝俄时代的皇族呢？"

阿锥明白了。寒风从结霜的窗户缝隙吹进教堂，刺得他连骨头都发冷，他终于明白为何这个地方找不到一个认识艾斯尼的人。当初，政治斗争的烽火让艾斯尼颠沛流离了半个世纪；现在，即使人已经往生了，却依旧让他无法落叶归根。

"让他回到这里安息好吗？"

神父摇摇头，但阿锥完全不让神父有拒绝的余地。

"即使你不认识艾斯尼先生，但他确实是你的同胞。请让他回到这里，回到天父的怀抱，好吗？"话未说完，阿锥已经将艾斯尼照片安置在一处窗棂上。

阿锥双手合十，对着照片以俄语轻轻祝祷。"Uncle，俄国到了！请您安息吧！"照片中，艾斯尼从遥远的过往凝视着阿锥，开心地微笑。

窗外飘起雪来了，神父似乎想要制止，听阿锥这么一说，也只能黯然默许。

直至今日，我的手上还带着艾斯尼当年送给我的结婚礼物——一只劳力士手表。半个世纪过去，表带换过十多条，但手表本身不曾故障。那是艾斯尼在我独资买下明星，让他不至于被驱逐出境后而买来送我的谢礼。

早在来到台湾之前，艾斯尼就戴着一只和我的一模一样的手表。

他曾说过，时钟或手表对俄国人有种特别的意涵。在故乡，人们将时钟视为与过世亲人连结的桥梁，相信只要家族成员在深夜牵手围住时钟，诚心地祝祷和祈求，便可透过时间的转动而转换时空，与往生的亲人心灵相通，传达彼此的思念。

也许是受这则传说影响，艾斯尼过世之后，我除了保留着他的遗物和林森北路老房子的钥匙，也妥善地保留着他生前配戴的表以及从上海带来的发条老时钟。在他往生过后，我每天的例行公事之一就是“喀喀喀”地帮老时钟上紧发条，五十年了，这个老时钟很争气，每个整点依旧准时发出“当！”的清脆声响，到了十二点也依旧“当当当”地响满十二次。

但有件事就连我的家人也觉得纳闷：为何我每次出国，左手都会同时戴着两只手表，或是一手各戴一只手表？其实，那是我内心与艾斯尼交流的管道。每次出国，我总会透过手表呼唤这位老友："Uncle, Let's go to USA."或是"Uncle, Let's go to Germany."就算哪只表因为平日乏人配戴，指针偶尔会罢工，但我并不刻意去处理，就像我留不住人生走到尽头的朋友一样。然而每一趟出国门，我还是会让它陪着我，因为我相信艾斯尼会透过手表穿越时空，随着我的脚步到处去旅行。

艾斯尼生前被视为"无国籍"人，最后困在台湾度过余生，谁都了解他最深的渴望就是回到故乡。在他往生后几个月，一位德国客人来到明星，看到店里摆设着许多俄罗斯器具，十分好奇。当他知道这里曾经是落脚台湾的俄罗斯人开设的西点咖啡厅，可能是因为一股他乡逢故知的冲动，他压低声音告诉我："其实我来自东德，我也是俄罗斯人。"这句话现在听起来不足为奇，但当时苏联尚未瓦解，围墙也还将东、西德隔离在柏林的两侧，这位客人的身份自然非常敏感。

我长时间与外国人来往，见过主张各种政治意见的人，倒也不特别紧张。我们一见如故，以俄语交谈得十分开心，对方说自己目前在东德担任记者，与苏联当局高层关系还不错。突然我灵机一动：何不让他陪我送艾斯尼回俄国呢？之前我虽有去苏联的想法，却因为政治因素而无法成行，如果他愿意帮助我，应该就可以如愿了。

“请你带我进苏联，好吗？”我突然开口，他显得有点错愕。

“这位艾斯尼先生是流落在台湾二十多年的俄国皇族成员，现在已经往生了，我很想让他回故乡安息！”

也许是同样对俄国怀有一份乡愁，东德先生听完艾斯尼的故事，沉默地看了我一会儿，便点头说：“好！我们一起送他回家吧！”

那趟行程因为这位东德朋友的照顾，虽然几度辗转，却相当顺利。尽管没能如愿为艾斯尼找到家人，甚至因为物换星移，已难确定前往的地方是不是他年轻时的居住地，但能够重返国土，相信他的在天之灵也会稍稍感到安慰吧！

回到台湾后，我依旧为他保留着二楼的位子，每天桌上一杯咖啡、一小盘点心，一直到歇业的那一晚都不曾中断。明星歇业那段日子，我尊重太太的信仰，除了原本北投山上的墓地外，还在五股一处禅寺为他买了一个塔位，由寺方天天供奉他。虽然他信仰的是东正教，我们却将他安置在佛教禅寺，但我相信他一定了解我们的心意，也知道台湾有人随时为他保留一个角落，随时欢迎他回来！

因为原谅，所以慈悲

送走了挚友艾斯尼，阿锥以为自己不会再和明星另一个创店股东拉立果夫有任何瓜葛。因为艾斯尼生前始终无法原谅这位同胞为钱背弃友谊，因为阿锥始终无法认同，在艾斯尼生病到往生前的那段日子，住在对面不远处的拉立果夫甚至不曾前来探视。

阿锥心中一直有气，他不懂拉立果夫为何将钱看得比异域相互扶持的情感更重要，他也不懂为何艾斯尼都已经走到生命尽头，这位朋友仍不愿来看一眼，陪他说说俄国话。于是，阿锥暗暗决定，往后绝不会像对待艾斯尼那般照顾他，更何况拉立果夫早在南京政府时代就加入中国籍，1949年跟着国民党最后一艘撤离军舰来到台湾之后，一直在兵工厂担任火药研发顾问，夫妻俩受到军方照顾，生活有军饷、出入有吉普车，加上已经在台置产，生活应该不成问题。

然而，阿锥还是心软了。1975年秋天的一个下午，阿锥在明星接到一通紧急电话。电话才拿起来，就听到拉立果夫家的帮佣上气不接下气，慌乱地喊着：“拉立果夫先生快不行了，拉立果夫先生快不行了……”阿锥丈二金刚摸不着头绪，要对方慢慢说，但话才到嘴边，电话像被刀割断了一般，“咔”的一声完全失去声息。阿锥心知不妙，立刻拨电话到拉立果夫经常看诊的医生馆，请医生尽快前往抢救，另一方面自己也从明星火速赶往。

到了林森北路一一九巷口，看诊的丁医生刚好也赶到。两人进到屋内，只见拉立果夫已经气若游丝，原本苍白的脸色因为痛苦而更显惨白，拉立果夫的太太玛兰在一旁哭泣着，帮佣则六神无主地站在一旁念着“阿弥陀佛、阿弥陀佛……”丁医生紧急注射一剂强心针之后，一个高头大马的人这才从鬼门关里给拉回来。

但这并不是最后一次，同样的状况，每隔一段时间就要发生一次。有时是清晨，有时是半夜，一次比一次紧急。一个夜里，丁医师再度从一片漆黑当中赶来为拉立果夫急救，但这次丁医师竟将针筒放到阿锥手上，他扶着阿锥的手说：“你来！”

阿锥愣了一下：“我怎么会打针呢？医生，救人要紧！不要开玩笑了！”但丁医师很认真：“我并不是在开玩笑，你必须要学会打针。他的心脏病越来越危急，而你就住在对面，紧急的时候，我赶不及的时候，只有你能救他！”拉立果夫虽然说不出话来，却也露出信任的眼神并对阿锥吃力地点了点头。半推半就中，阿锥硬着头皮，在丁医师的牵引下，将针筒内的液体推进了拉立果夫的血管。此后，阿锥经常在半夜被玛兰的呼喊声惊醒，也几次硬着头皮帮拉立果夫打针。说也奇怪，拉立果夫的病情渐渐稳定下来，发作的次数也逐渐减少。

1969年，阿锥将林森北路的两栋房子同时卖掉，并在中山北路二段买了土地盖起一栋五层楼的房子。艾斯尼过世后的某天，拉立果夫来到明星找阿锥，还未开口，脸上的笑容先溢了出来。“Archie，你的房子快盖好了，我和玛兰搬去跟你住好不好？”

“你们要搬来跟我住？”阿锥有点傻住。

“对啊！就像你从前照顾艾斯尼那样！”拉立果夫说得理所当然。

阿锥沉默不语，纳闷着：这是当初股东拆伙时，执意只要钱而不顾同胞情谊的那个拉立果夫吗？

“我要是可以搬进你的房子，你帮我打针就会比较方便，否则你搬走以后，谁帮我打针，而且林森北路那个地方常常淹水，很不方便……”拉立果夫继续滔滔不绝。

阿锥走向长期为艾斯尼保留的特别座，缓缓坐了下来，慢慢地说道：“我知道了！让我考虑几天。”但他知道自己只是搪塞，自己是不可能让他住进家来的。

那晚，拉立果夫离去之后，阿锥带着石头般沉重的心事回家。妻子看出异状而开口询问，阿锥正闷得慌，于是一股脑说出当天下午与拉立果夫的对话。原以为妻子会和自己一样反对，没想到她竟毫不犹豫地说：“就让他搬来住啊！反正我们的四楼也是空着。”阿锥大吃一惊，气愤妻子竟然如此不顾义气：“难道你忘了他当初怎么对待Uncle吗？”

“做人要有量，才有福！”学佛多年的妻子似乎没有被他的激动感染，带着一贯的沉静转进厨房继续忙着家事。

阿锥装作不在乎，转身进房内更衣。他脱下西装正准备挂在墙上的挂钩上，却抬头见到墙上艾斯尼的照片和手表。“Uncle，我真的要让拉立果夫住到家里来吗？”照片中的艾斯尼微笑着；“Uncle，你原谅他了吗？”照片中的艾斯尼还是微笑着。

那年艾斯尼将清水沟声误以为是铲雪声的场景，突然回到阿锥的脑海中。“拉立果夫也将近七十岁了，我真的忍心让这位俄国老人在台湾孤老而终吗？”他问自己，也再次问着照片中的艾斯尼。

在床沿坐了好一会儿，阿锥心里响起一阵声音：“是啊！人要有量才会有福，就让过去的恩恩怨怨随风而逝吧！就让他搬过来吧！”他这样告诉自己。相纸彼端的艾斯尼依旧微笑着，彷佛也认为这是最好的选择。

拉立果夫比艾斯尼年轻一些，可能是终生投效军旅的缘故，高大的身躯总是散发着军人气概。

拉立果夫的本名叫Gergore.R. Larikove，在明星所有的俄罗斯股东当中，算是和中国渊源最深的一位。据他所述，他的故乡在西伯利亚赤塔一带，但童年时代曾经居住在法国，因此能说流利的法文，也会说英文和德文。1916年他刚从俄国彼得格勒米契诺夫斯克炮兵学校毕业，还是个天真烂漫的小伙子，但是突如其来的革命，让刚刚加入帝俄炮兵团的他开始了颠沛流离的人生。

回首那段烽火岁月，显然已经太久远了，远得连自己都记不得是在哪一年来到中国了，但他清楚地记得自己和同袍因为迫于战争的压力，乘船离开俄国堪察加半岛逃到日本的那一幕。那一天白雪纷飞、湿气凝重，灰白色的空气将港口压抑得更加灰暗。他用力地抹着脸上的雪，希望大雪别来阻挡他们对故乡的道别，但是海浪将船越推越远，雪花将港口抹得越来越朦胧，最后，只剩下一片白茫茫……每次说起这段往事时，他总要喝点酒，彷佛只有酒才能冲淡心中的苦涩。

随着俄国军队从日本辗转到沈阳，他先是以俄国军人身份在沈阳担任炮兵团团长，协助中国军政府研发炮弹和武器，但心里随时等着要回到北国疆土。1936年，他放弃回到俄国的梦想，选择加入国民军政府协助兵器弹药设计任务，并于同年入籍中国，也在那时多了“拉立果夫”这个中文名字。

往后的岁月，他成了当局仰赖甚重的一位武器研发人员，研发出各式各样的炸弹、武器和炮弹等，并在“九一八事变”东北沦陷之后，随着部队撤到天津、南京。他也曾经到上海、四川等地协助主持研发、改良弹药，并在当时的兵工署署长俞大维麾下担任顾问，为抗战时期的国民政府立下不少汗马功劳，甚至在试验爆破的过程中，失去了三只手指和部分脚趾。

也许是因为拥有中国籍，也许是受到军方的礼遇，相较于艾斯尼的温和低调，拉立果夫显得气势逼人。尽管因为失去部分脚趾导致些微不便，但走起路来依旧英姿勃勃，平日与人相处也习惯发号施令。

明星刚开业时，他每天下午四五点便坐着吉普车到店里喝咖啡吃点心，顺便了解店里的业绩。那时还没有电子炉，负责制作面包的布尔林父子透过我的协助，找工人以水泥、砖头盖了一座俄罗斯式的土炉，一次要烧五十多斤木炭。待在厨房里的人都知道，面包出炉时，一定要带着扇子跑到一旁搧风“纳凉”，否则炉火的高温度绝对让人吃不消。

一段时日后，我认为不是办法，自掏腰包花了五百元到电器行买了一只天花板专用电扇，希望可以改善厨房内的工作环境。那天我搬了梯子爬近天花板，满头大汗地装着电扇，艾斯尼与布尔林等人都以期待的眼神在一旁等待。这时拉立果夫恰巧走进厨房，好奇地问：“你们在做什么？”有人跟他解释，我想要在天花板上装电扇，好降低面包出炉时的室内温度，他一听嗤之以鼻：“Archie，你这么聪明的年轻人，怎么会干这么蠢的事？热空气是往上升的，电扇一吹只会把热空气吹回地面，到时不只不会降温，还会让屋子更热。”

“是吗？”我可不这么认为，于是开口向他挑战，“我知道你是一位专家，而且对于机器学有专精，但是通常博士看到一根钉子会花很长的时间去研究钉子要怎么拿？要从左钉还是从右钉？但工人一看到钉子，拿了就钉，根本不要太多大道理。”其他的人听了全都大笑。

“你这是在讽刺我吗？”拉立果夫气得吹胡子瞪眼睛。

“我不是在挑战你，只是比喻。不然我们来打个赌，如果屋子变凉，电扇的钱你出；如果不凉，钱由我出。”我继续最后收尾的工作。

“好！我跟你赌！”他悻悻然地等着看我出糗。

我装好最后一颗螺丝，问他是不是还要赌。他很坚持：“扭开开关！”我听从他的指示转动开关，不到一分钟，艾斯尼和布尔林父子全都停止摇晃扇子，开心地大喊：“好凉快啊！好凉快啊！”拉立果夫的脸则从白转为猪肝色，气呼呼地走回吉普车，大声地要求驾驶兵“GO！”吓得驾驶兵一头雾水，赶紧发动车子，风风火火地开走了。

回来吧！亲爱的尼吉

结果，拉立果夫也卖掉林森北路的房子，带着太太玛兰一起搬进阿锥家的四楼。

那些年，阿锥的妻子经常要面对孩子同样的问题：“妈妈，那些装在玻璃杯里的红色果子好漂亮，我们可以吃吗？”“妈妈，那些巧克力闻起来好香，我们可以吃吗？”“妈妈，这玻璃瓶里的水有一颗颗小小气泡，是汽水吗？我们可以喝吗？”尽管不忍让孩子期待的表情瞬间化作黯然，但妻子还是只能回答：“不行，孩子，这是要给四楼的先生、太太吃的。”

拉立果夫和太太对于饮食相当讲究，住进阿锥家之后，数度表示吃不惯台湾食物，希望能有西方水果、点心及香槟等来酌餐。为此，阿锥透过飞虎队美国朋友的关系，每隔一阵子就和妻子到美军福利社（P.X）采买樱桃、香槟、巧克力、腌制酸黄瓜和奶酪等进口食物。但类似进口食材在当时相当罕见，即使在美军福利社购买，价格依旧昂贵，所以阿锥要求自家人不能吃，只供应给拉立果夫夫妇。

一位老朋友惊讶阿锥的转变，问他：“忘了当初艾斯尼遭受的苦了吗？忘了你怎么一个人苦撑明星了吗？”他摇摇头，没忘！“既然决定让这对老朋友住进家里，就要好好照顾！”朋友听完不再多说，因为他知道这就是阿锥，永远把别人的需求看得比什么都重要，就算面对曾经伤害过自己的人，也不曾改变。

日子一晃就是十多年，阿锥夫妇把四楼的这对夫妇当成父母般照顾，但尽管如此，拉立果夫终究敌不过岁月的折腾。1983年，这位老人已如风中残烛，好几次救护车急切的呼叫声划破黑夜的宁静，他的生命像一条丝线，在救护人员与死神手中拔河。只是，阿锥怎样也没想到，入了中国籍的拉立果夫临到病重，语言能力还是只剩下母语俄国话，说的也全是北国家乡的童年往事。

拉立果夫的病情一日比一日严重。到了1988年，他的意识时好时坏，多半的时间都卧病在床，偶尔精神好一点，才能支离破碎地聊点过去的事。阿锥见他的生命力一点一滴消失，玛兰年纪也大了，自己又得照料明星和其他的事业，只能将他安置进军方医院附设的疗养院。

每隔几天，阿锥就会到疗养院探视拉立果夫。一个晚上，他走进病房，拉立果夫像是等了许久，一见到他便用力发出“喔！喔！喔！”的声音。阿锥怕他过度激动而上前安抚，不料他却死命拉着阿锥的手，仿佛有很重要的话要说。阿锥弯下腰，将耳朵贴近他的嘴边，听到几个微弱的俄语发音，却弄不明白个中意思。

阿锥猜拉立果夫一定是太思念北国那个大雪纷飞的家了，急着安抚：“我知道，你想回俄国。”拉立果夫却又用尽全身的力气发出“NI…GI…”两个音，阿锥愣了一会儿才猛然想起：对了！拉立果夫和玛兰有一个儿子叫做尼吉，原来拉立果夫朝思暮想的不只是故乡，还有四十年前被他送到德国的独生子。

尼吉和阿锥同年，两人相识时都才十八岁。在阿锥的印象中，尼吉是个聪明英挺的帅气男孩，完美的轮廓、深邃的眼眸，还有柔软的褐色头发，女孩经过身旁都会忍不住红着脸回头偷瞄几眼。拉立果夫谈起这个儿子时，眼神中也总是不经意地透露出满足和骄傲。

但在这位自幼就接受军事训练的父亲眼里，一个真正的男子汉过了十八岁就应该独立，而且一定要从军，因此尼吉十九岁那年拉立果夫就将他从台湾送到西德从军，希望他能在军队中接受磨练。然而在这四十年当中，几乎没有人再听过尼吉这个名字，拉立果夫夫妇俩也甚少在外人面前提起他们有个儿子，所以就连阿锥也忘了尼吉的存在。

此时此刻，眼前的这位老人已经无法言语了，但最想见的却是失去讯息四十年的儿子，阿锥这才知道他藏在心里的思念有多深。“你想见尼吉？”阿锥才开口，老人惨白的脸就因为激动而泛起一阵紫一阵红，眼角也渗下两行泪。“好！我来替你找！”阿锥抹去老人眼角的泪，轻轻地附在他的耳际做出承诺。

只是命运之神并不理会他们之间的协定，拉立果夫的状况一天比一天恶化，最后甚至必须靠插管维持生命。那一年，阿锥四处托人打听，国内、国外的人脉全都动用上了，却始终没有尼吉的消息。也许透过媒体会更有效，或许找不到尼吉，还能找到拉立果夫其他的亲人也说不定？于是阿锥抱着一线希望，特别拜托中视记者前来采访，期待透过新闻全球放送，让更多人知道有一位白俄罗斯老军官正在寻找亲人。

新闻播出了，引起许多回响，就连西德的亲友也打电话到明星给阿锥：“我们在电视上看到你在帮一位俄罗斯人找亲人，找到了吗？”但雷声大雨点小，消息是传到海外去了，想要的讯息却没有半点蛛丝马迹。

尽管如此，阿锥还是不断附在拉立果夫的耳际：“不要担心！我们会找到尼吉的！我们会找到你的家人的！”但老人对他的安慰越来越没有反应，从刚开始试图牵动嘴唇，到后来闭着双眼落泪，到最后完全没有反应。阿锥知道这位俄罗斯老人死心了，但望着一旁啜泣的玛兰，他不敢表现出泄气或灰心，只能拍拍老妇的肩膀，告诉她：“会的！我们会找到尼吉的！”

1989年5月29日，阿锥接到疗养院通知，拉立果夫走了。他赶到医院，玛兰递给他拉立果夫当年加入中国国籍的那张证明，看着纸上记载着“拉立果夫，原籍白俄罗斯”，阿锥顿时百感交集，说不半句安慰的话来。

走出医院，夏季的凉风竟吹得脸庞有些刺痛，阿锥握着这张唯一能证明拉立果夫“中国身份”的薄纸前去办理死亡证明。走着走着，他才突然想起，自己已经年过五十，和俄罗斯人的缘份也延续了四十个年头。

我必须承认，我并没有对拉立果夫夫妇说实话，电视新闻播出之后，一位热心帮忙的美国“自由之声”广播电台记者就捎来讯息：尼吉在前往西德两三年后，就在战场上战死了。因为怕两位老人家伤心，在他们有生之年，我始终没有说出实话。我想，就这么让老人家抱持着希望吧！也许这会是支持他活下去的动力吧！虽然后来拉立果夫还是敌不过死神，但我相信当他与尼吉在天上相会时，就会明白一切了。

可能是受到中国文化的影响，拉立果夫生前十分相信因果。他从六十多岁开始就饱受心脏病之苦，必须不断靠强心针抢救，每次救回来他就会告诉我：“报应！这是我的报应！”

我很难想象，像他这样一个经过枪林弹雨的硬汉竟会得出如此的结论，但他始终认定自己之所以遭受病痛的折磨，是因为当年在中国的森林里试验炮弹和武器，射杀了太多兔子和其他动物，让它们遭受太多痛苦，所以临老才会得到报应，遭受“要死不活”的病痛折磨，也因此在有生之年，他总是对猫狗等小动物特别善待。住在林森北路时，拉立果夫的住处前有个小花园，因为他经常喂养流浪猫、野猫，猫群经常在屋前屋后活动，数量最多时甚至有一百多只。只是疼猫惜狗的拉立果夫和平常那个事事要占上风的拉立果夫，很难令人联想在一起。

如果说照顾艾斯尼是基于敬重和反馈，那么照顾拉立果夫就是基于情义和缘分吧！直到今日，我依旧无法认同他对于艾斯尼的绝情，但是想到他和艾斯尼同样飘洋过海而来与我结缘，加上在台湾举目无亲，也就不想再去追问其中的对与错了。人生海海，恩怨放进人生的大海，也就散了、淡了！

拉立果夫往生后，我因为整理他的旧资料和照片，更加惊讶于他对中国武器研发的贡献与成就。那时留在台湾的俄罗斯人已经少之又少，多半不是离开就是已经不在人世，能够来参加丧礼的朋友有限，于是我写了一封信，透过当时“国防部长”俞大维的三女儿转给当时的“联勤总司令”温哈熊，希望他能让这位异国军官走得风光一些。丧礼当天，温哈熊亲自前来，并且带着联勤弟兄合捐的五万块和一张“旌忠状”。丧礼中，东正教神父为拉立果夫进行过最后的祷告词，军方人员也特地在他的灵前朗读了“旌忠状”。

“兹有联勤兵工顾问拉立果夫于民国七十八年五月二十九日忠贞为国殊堪旌扬……”军官一字一句、铿锵有力地念着，我不知道不通国语的拉立果夫究竟听得懂几句，也不知道他是否满意这样的结局，但那一刻，我却有种想要邀他再度举杯的冲动，然后像往日那般敬他一杯VODKA，再对他说：“敬我们的缘份！敬我们的友谊！那达②！我的老朋友！”

—

②那达为俄语的干杯。

第一次听到艾斯尼提起自己的贵族身份时，阿锥并不惊讶，因为第一眼看到这位外国人时，就知道他一定是出身不凡。

—

对艾斯尼而言，明星不止是一间西点咖啡屋，更是异乡的另一个“家”。

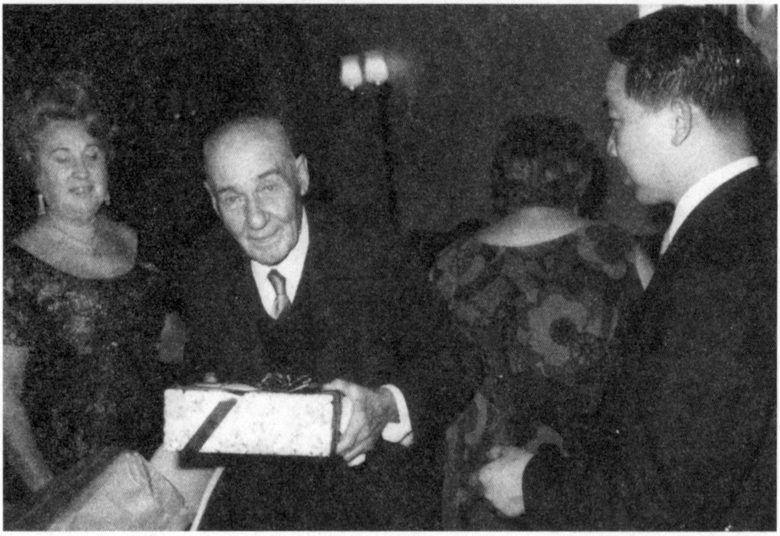

艾斯尼的年纪足以当阿锥的父亲，阿锥也一直称他为Uncle。
他之于我，不只是带领我走上一条特殊的人生道路，更在潜移默化中给了我许多深刻的影响。

“Uncle，我真的要让拉立果夫住到家里来吗？”照片中的艾斯尼微笑着。“Uncle，你原谅他了吗？”照片中的艾斯尼还是微笑着。

尼吉是个聪明英挺的帅气男孩，女孩经过身旁都会忍不住红着脸回头偷瞄几眼。

—

尼吉在前往西德两三年后，就在战场上战死了。因为怕两位老人家伤心，在他们有生之年，我始终没有说出实话。

ASTORIA

当芬娜遇见玛兰

坏脾气的四楼太太

坏脾气的四楼太太

玛兰，是另一位因为明星而与阿锥结缘的俄罗斯女士，也是拉立果夫的太太，她随着先生搬进阿锥家的四楼，一住就是二十二年。

二十多年当中，玛兰始终以为自己是那层屋子的女主人，因为拉立果夫自始至终没有将寄人篱下的事实告诉她，甚至还编了一个故事，要求阿锥配合演出，签下一张“交换房屋”的假契约好让她不起疑心。当时，拉立果夫一心一意希望阿锥照顾自己和太太终老，获得首肯之后，便卖掉原有的房舍住进阿锥家。但面对玛兰对于售屋的质疑，他始终不敢吐实而编了谎言，只说自己是“旧屋换新屋”做了件聪明的交易。

为了让阿锥同意签下假契约，拉立果夫接连好几天坐在明星等他下班。“你只要随便签一下，让玛兰以为我是用林森北路的房子和你换中山北路四楼，让她看一下，我就会把它给撕了。”虽然拉立果夫再三保证自己绝对说到做到，但阿锥想起艾斯尼告诫过的“在金钱方面一定要提防拉立果夫”，还是迟迟不敢在白纸上写下名字。最后，阿锥仍拗不过老人家的苦苦哀求，他在心里骂自己：“到底要到哪一天才能学会拒绝别人呢？”但一边签字一边又想着，“算了吧！房子不就是向天公伯仔借来的一顶帐棚。”

搬进四楼后，拉立果夫不再提起这件事，阿锥也悉心照料着这对夫妻。但玛兰认定自己是屋子的所有权人，虽然饮食、生活、帮佣的费用全由阿锥支付，但她不准阿锥和孩子通过四楼。当时，阿锥的女儿和儿子住在五楼，要从三楼回五楼时必定要放轻脚步、轻声细语，否则玛兰就会拉开大门大骂：“吵死了！以后不可以从这里通过。”

孩子无奈地抱怨："怎么四楼的先生、太太搬进家里之后，我们家竟变成一座博物馆，出入都不能有声音呢？"阿锥只能苦笑安慰："老人家怕吵，你们就放轻脚步吧！"

拉立果夫过世之后，玛兰变本加厉，四处向人宣称自己是屋子的拥有者，只要谁对她好，她就要将屋子送给对方。所承诺的对象包括邻居、朋友，就连一位几度被她气到不干的帮佣，也曾得到她所开的口头支票："如果你继续好好照顾我，等我死了之后房子就送给你。"

那时，玛兰将近九十岁，和拉立果夫往生前一样经常在鬼门关前来来回回。每一次她只要感觉自己即将蒙主宠召，便将满屋子的东西一一送人。从俄罗斯带来的一些时钟、摆饰早就送给东正教教会了，桌椅也送给邻居，最后就连刀、叉、碗盘也都送给她认为关心自己的人，但待病情稳定后出院回家，却又出现没有餐具可用的窘境，阿锥不得不重新为她添置全新的餐具。同样的戏码反复上演，搞得附近的餐具行老板也纳闷地问："怎么你们家最近经常打破碗盘？连不锈钢做的刀叉也常弄坏呢？"

阿锥倒也乐见更多人愿意帮忙照顾这位外国老太太，只是很奇怪的是，每当玛兰病情危急时，却不见任何人前来帮忙，阿锥只能通知救护车，请求救护人员支援。由于玛兰身材魁梧，救护人员很难独立自四楼将她扛下，每每要求阿锥协助搬运。有一次，救护人员手一滑，玛兰整个人重压在阿锥肩上，让他硬是看了半年多的骨科，尽管如此，遇上刮风下雨的天气，肩膀还是会疼痛。

一个下午，乌云盖住日头，虽然依旧车水马龙，但中山北路的樟树缝隙找不到半点光影。玛兰拨了一通电话，说是有要事相谈。阿锥上楼后，玛兰直接了当地对他说：

“朋友告诉我，只要在同一栋屋子住十五年以上，对方都同意不收取房租，房子就是我的了，更何况当初我先生也说是用林森北路的房子和你换的！”过去，阿锥为了替拉立果夫维护尊严，始终不愿将实情告诉她，现在听到这席话，拉立果夫与艾斯尼过往那段纠纷再度浮上心头，他一气之下全盘托出实情，并问玛兰：“难道你不觉得奇怪，如果那份契约是真的，为何拉立果夫过世之前没有将所有权状交给你呢？”

玛兰的病情没有改善，对于房子的产权也依旧坚持，阿锥见她日子已经不多了，不想再做争辩。不久，玛兰也过世了，阿锥为她料理一切后事，除了在新生北路的东正教教堂举行追思礼拜，并将她安葬在三峡拉立果夫的墓地旁，那也是拉立果夫生前请求阿锥替他们买下的长眠之地。

阿锥忙完后事，回到四楼准备收拾屋子，竟发现屋内已经有人将所有物品打包，贵重物品完全消失不见。阿锥吓了一跳：“你是谁？怎会在这里？”对方操着英语口音，理直气壮地说：“这是我的房子啊！”阿锥感到不可思议，待回过神来才认出是在邻近饭店工作的一位菲律宾女士，对方见阿锥不语便继续呛着：“玛兰生前说要把房子给我的，你把房子借给她住，又不跟她收租金，十五年后房子就算是她的了。”这位菲律宾人坚持玛兰在过世前就把房子过给自己，现在自己只是来接收而已。

“那么请问玛兰生病的时候，你人在哪里？她往生时，你人又在哪里？”阿锥摇头叹息。

“呃，我刚好都在忙。”菲律宾女士的气焰有点下降了。

“好吧！如果她已经把房子过给你，请你把权状拿给我看吧！”刚忙完丧礼，阿锥精疲力竭，无力与她继续争执。

对方拿不出证据，悻悻然带走已经打包好的几个袋子，然后撇下一句：“我会再回来要房子的。”

之后菲律宾人没再来过，阿锥以为麻烦就此终了，没想到接二连三还有不同的人上门要分房子，就连玛兰的帮佣也问：“四楼的太太曾说要分一间房间给我，现在我可以分了吗？”

好不容易一一向来要房产的人说明清楚，阿锥雇了几个油漆工重新粉刷四楼。油漆工用刮刀刮着墙上的脏污，随手取下一个装有照片的老旧相框，工人问他：“丢了吗？”阿锥接过手，发现是尼吉年轻时候的照片。照片里的尼吉依旧年轻英挺，就像岁月从来不曾在他身上走过。阿锥再度觉得上天的安排十分奇妙，眼前的影中人虽然与自己同年，彼此缘分浅薄，自己却替他照顾父母直到终老。

“天公伯仔的安排永远让人想不透啊！”阿锥自言自语，留下一团迷雾给身旁的油漆工。

玛兰和芬娜恰恰不同，尽管在台湾住了将近五十年，她仍是个不折不扣的俄罗斯女士，饮食一定要吃西餐，穿着一律是洋装或长裙，从未因为年纪增长而有所改变。

因为拉立果夫有稳定的军职和俸禄，玛兰并不需要外出工作，只有在入股“ASTORIA”那些年，才替拉立果夫到店里盯业绩。玛兰的脾气不好，年纪大了之后更加严重，我和太太为他们夫妻请了个帮佣，但帮佣经常因为无法煮出适合她的口味或其他生活细节而被责备，加上语言沟通不畅，几度走人不干，我和太太只得再费尽唇舌将人找回来。

有一回，一位俄罗斯小姐恰巧下榻在隔壁的富都饭店，对方听到我能说点俄语十分开心，连续几个晚上到中山北路的明星分店喝咖啡。那年拉立果夫刚刚去世，玛兰情绪陷入低潮，为了排解她的烦忧，我提议让俄罗斯小姐来陪她说说话，聊一聊故乡的事情。一开始，玛兰表现得相当不近人情，劈头就拒绝：“不必！我不需要谁来陪我说话！”在我的坚持下，两人还是见了面，而且聊得相当开心。

但后遗症不久后便出现了。那个年代台湾与俄国不能往来，随便打电话到俄国可能会被认为是与俄国共产党往来，立刻就会被情报人员盯上，而我差点就成为黑名单之一。俄罗斯小姐离去之后的那个月，家里的电话费竟然暴增为一两万块，拿到账单时我当场吓住，赶紧赶到电信局列电话清单。长长的明细表，上头竟有一长串是打往俄罗斯的国际电话，望着那些电话号码，我感到相当迷惘：“谁会打电话到俄罗斯呢？”

我怀疑电话被盗打了，悄悄设下录音机，想要查个水落石出。当天晚上回到家，果然发现录音带动过了，播放一听，险些没从椅子上跌下来，录音机里有玛兰和那个俄罗斯小姐的对话，也有玛兰与其他俄罗斯人的对话。此时，我才明白原来玛兰一直用四楼的分机打电话到俄罗斯，想要通过俄罗斯小姐找到自己的亲人，于是电话拨了一通又一通，完全不管对方是不是她认识的人，甚至承诺要将房子送给对方。

如果透过电话线，能在俄罗斯的人海里找到亲人，也就罢了，但玛兰已经离开当地太久太久，想要凭此方式找到亲人真是太难太难。我虽然于心不忍，却认为这个方法不切实际，尤其可能让我和她都惹祸上身，所以除了摊牌没有第二条路。她刚开始似乎不打算承认，后来见无法抵赖，才恼羞成怒地说："哼！我以后再也不用你的电话了。"

可能是因为男女有别，我与玛兰很少深谈，也一直很不了解她。然而从她身上，我同样看到一个俄罗斯人对于故乡的思念，只是她表现的方式是愤世嫉俗，不满台湾的一切，不满身旁的一切，渴望有人爱她、陪伴她，却又不愿意相信他人。其实我们很多人也都是一样，在苍茫人世艰难求存，却拙于表达，甚至因为满怀戒备，常常像犀牛一样顶出自己坚硬的角，不惜把来人顶一个趔趄。

其实，照顾拉立果夫十六年，照顾玛兰二十二年，我并非全无怨言，也不是不曾气得大骂自己是天下最笨的傻瓜，但我知道自己很难无视别人的困苦，如果重来一次，我还是会选择同样的道路。

每年“ASTORIA”举行俄罗斯新年盛会，芬娜和尼古拉也一定不会缺席。酒酣耳热之际，尼古拉跳起俄罗斯舞蹈，利落的舞姿赢得掌声连连，笑得开怀的芬娜也会不由自主地跟着哼唱俄罗斯民谣。

—

尽管在台湾住了将近五十年，玛兰仍是个不折不扣的俄罗斯女士，饮食一定要吃西餐，穿着一律是洋装或长裙，从未因为年纪增长而有所改变。

1959年，明星的骑楼多了一个小小的书报摊，书报摊的老板瘦骨嶙峋，阿锥从其他客人口中得知这位卖书人就是大名鼎鼎的诗人周梦蝶。

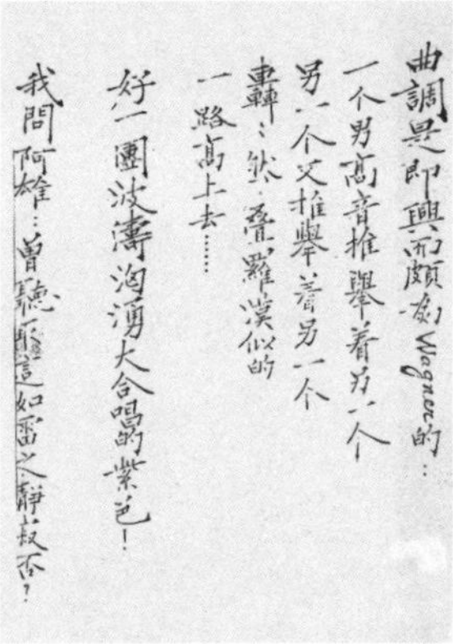

曲調是即興而頗劇Wagner的：
一个男高音推舉着另一个
另一个又推舉着另一个
轟轟然，叠羅漢似的
一路高上去……
好一團波濤洶湧大合唱的紫色！
我問阿雄：曾聽過這如雷之靜寂否？

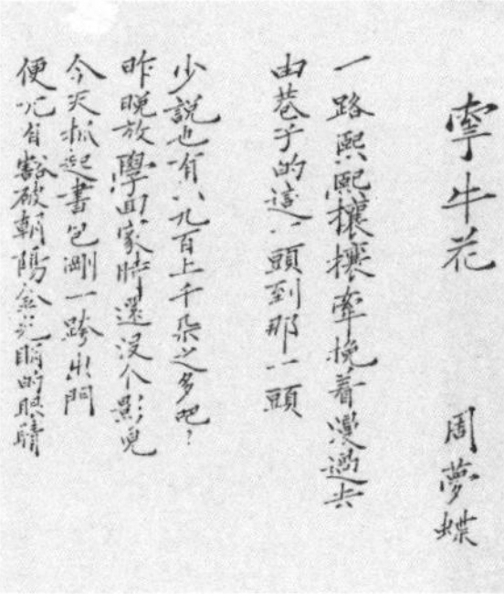

牽牛花　周夢蝶
一路熙熙攘攘牽挽着漫過去
由巷子的這一頭到那一頭
少說也有八九百上千朵之多吧？
昨晚放學回家時還沒个影兒
今天拎起書包剛一跨出門
便忙有豁破朝陽無數瞬時的眼睛

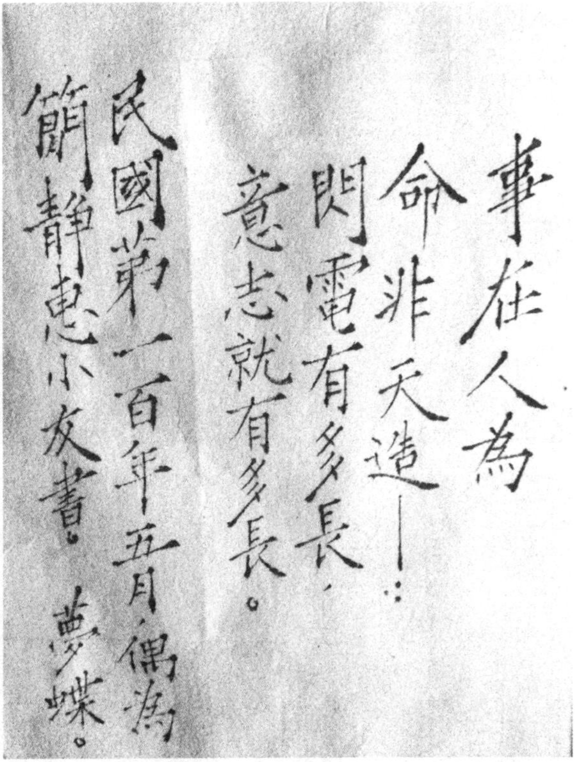

事在人為
命非天造——：
閃電有多長，
意志就有多長。
民國第一百年五月偶為
簡靜惠小友書。夢蝶。

刚开始有人请他上楼喝咖啡，他似乎不太习惯咖啡的味道，每次一定要加六块方糖。

—

每次至少五六个人围着他，他多半是听而不答，直到最后才动笔将想说的话写在纸上。

阿锥眼中的林怀民是个有教养的大孩子，脸庞清秀，眉宇间透着非凡的才气。但他的父亲林金生似乎不认同，提到儿子总是摇头叹气。

这位客人打扮朴实、头发蓬卷、眼神慧黠，身旁总是围着许多人在等稿子。他叫黄春明，前前后后断断续续，在明星写作约有二十多年。

作家当中，有一位特别洁净。皮肤白白的，唇色红红的，总是优雅地喝着咖啡，轻声细语地和其他人讨论着。

无文艺，不明星

大诗人的小书摊

夜半黑衣人

失业成瘾

“不务正业”的大少爷

点罗宋汤的有钱作家

《晚安曲》里的寂寞身影

大诗人的小书摊

20世纪50年代，台湾文化界总算摆脱战后的青黄不接，开始有人办杂志、搞出版，重庆南路一带因邻近火车站和众多机关单位，成为多数出版社落脚处，书店随之聚集，骑楼下也出现一个个卖书报杂志的小书摊。1959年，明星的骑楼多了一个小小的书报摊，书报摊的老板瘦骨嶙峋，有时将摊子摆在明星门口左边，有时摆在右边。有客人时，他会陪客人聊聊；没客人时，一张板凳坐，一张板凳跷脚，就打起盹。

当时艾斯尼等人正盘算如何将明星脱手，对屋外的摊子根本无心过问，于是就这么任由小书摊摆着，彼此相安无事，明星找明星的买主，书摊找书摊的顾客。隔年，阿锥成为明星唯一的老板，仍不知道门前坐的是作品散见各报章的一位诗人。

有天，阿锥在厨房里指导新进的师傅制作俄罗斯风味的面包，突然一楼面包店的员工跑进来："老板，老板，门口那个卖书的昏过去了！"阿锥和妻子冲到门前一看，果然看见卖书人倒在地上，原本瘦小的身子显得更加单薄。"快叫救护车，快把他送到医院。"众人七嘴八舌帮着想办法，卖书人却逐渐恢复意识，阿锥问："是不是身体不舒服，要不要送你到医院？"但对方一再强调自己没事，不需要劳驾救护车，便又坐回书摊忙了。

众人见他如此坚持，渐渐散去。阿锥朝屋内走了几步，想了想停下脚步又转回骑楼："你真的没事吗？"他心想这人脸色苍白如纸，怎可能没事？对方被他这么一问，神色变得怪异，过了一会儿才压低声音说："我真的没病，只是三天连一本书都卖不掉，没吃东西，饿得受不了。"阿锥感觉这人有些风骨，若是坚持请客，肯定不被接受，于是改口说："我等会请太太拿些面包和热牛奶，如果你有钱就给我钱，如果没钱就算我招待，有缘才能在同一个屋檐下做生意，大家交个朋友。"

两人从此有了正式的交集，阿锥问他："怎么称呼？"卖书人回："就叫我老周吧！"

一段时日后，阿锥注意到老周摊前总有几位文化气息浓厚的客人，经常提着一摞摞的旧书让他卖，偶尔也会请老周上明星二楼去喝喝咖啡。阿锥还注意到每天明星还未开店，老周就已在骑楼下张罗。阿锥好奇问："老周，你住哪儿？怎么这么早？"老周说："我住三重，坐第一班公交车过来，比较不挤！""书就这么搬来搬去吗？"阿锥很好奇。老周翻着书说："有时会找个地方寄放，有时搬回牯岭街的书商那儿寄放，完全找不到地方，就用布包一包扛着走啰！"阿锥心想，这老周个子瘦小，三餐看起来也不正常，如此折腾岂不累坏？

当天下午，阿锥又来到书报摊："老周！以后收摊就把书寄放在武昌街五号的茶庄里，别再搬了！我已经跟茶庄老板说好了。"老周有点惊讶，点了点头表示谢意。原来当时阿锥已将武昌街七号、五号店面买回，并将五号租给茶庄，为了让老周比较方便，阿锥与茶庄主人商量，对方同意在打烊后释出一点空间让老周寄放书刊。

时光约莫又过半载，茶庄老板在闲聊中提到："那老周真是勤奋，每天一大早就来等我们开门。"阿锥已对老周有些认识，也从其他客人口中得知这位卖书人就是大名鼎鼎的诗人周梦蝶，猜想他有读书人风骨，一定是不愿意影响到别人做生意，所以才每天一早到门口等茶庄开门，在店家正式营业前就把书搬出来。随后，阿锥又跟老板商量了一会儿，走到书报摊前，说：

“老周！你每天得等茶庄开门才能搬书，又得等茶庄打烊才能收摊。这样好了，你以后就进茶庄找个地方睡，我已经跟老板说好了，你就不必再天天往返三重和台北了。”

周梦蝶听了不语。阿锥怕自己说错话，赶紧表示：“我没其他意思，你还是可以随时回三重，如果收摊晚，还是住着比较方便。”那之后，偶尔周梦蝶会在茶庄留宿，但仍小心翼翼不干扰茶庄做生意，清晨五六点就起床刷牙洗脸，先到旁边的豆浆摊吃个馒头、喝碗甜豆浆，再于茶庄营业前将书刊全部搬出来。

慕名来看周梦蝶的人越来越多，大学生、文人、军人都有，每隔一两天就有人请他上楼去谈论文学，渐渐演变成固定在每周三晚间七点到九点半聚会。阿锥见每次至少五六个人围着他，他多半是听而不答，直到最后才动笔将想说的话写在纸上。这一写不得了，连邻座的客人也都凑过来争睹他的笔札，甚至曾有过两桌人为此争执：“周先生又不是你一个人的，怎么可以霸着不放？”

阿锥看了觉得有趣，私下问：“老周，你都说些什么写些什么呢？怎么有这么多人来听你说话看你写字？”周梦蝶十分窘迫，急忙挥手道：“没没没，不就是听听彼此的想法，我还真怕自己说错话呢。每次觉得自己说错话，回去的公交车上就开始烦恼，有时还烦恼一整个星期，晚上都睡不好呢！”

书报摊的生意维持二十一年，星期三的聚会也持续十多年。1980年的某一天，阿锥一进门就听门市员工说：“老板，今天老周又在门口昏倒，后来被送进荣总了。”周梦蝶在门前昏倒已经不只一次了，此次听起来似乎格外严重，阿锥上楼问其他认识周梦蝶的作家客人，对方告诉他：“不太清楚，可能是贫血和胃出血。”听完，阿锥叹了一口气：“他每天就吃那么点馒头，喝那么点豆浆，怎能不生病？”

后来听说周梦蝶同时罹患四种疾病：胃溃疡、十二指肠溃疡、胃出血、高度贫血，开刀切除四分之三个胃才救回一命。自此明星门前不再有小书摊，周三晚间的聚会也停止了，但前来询问的客人不曾少过，几乎隔几天就有人上门问：“周先生呢？他不来了吗？”

“他要先休息一阵子，暂时不会再来了。”虽然每次阿锥都这样告诉客人，心底却和他们一样期待老周尽速恢复健康，早点回到明星来。

最近几年我才从其他媒体朋友口中得知，周梦蝶一直记得到明星门前摆摊的第一个晚上，我太太端了一盘蛋炒饭给他的往事。他告诉别人说，自己永远记得这“一饭之恩”。我和太太都觉得不好意思，因为那只不过是当时太太想与他结善缘的方式，根本不足挂齿！

我和太太都知道他经常有一餐没一餐，却不敢自作主张送面包或蛋糕给他吃，原因就是了解他是个两袖清风、澹泊物欲的文人，有自己的坚持和生活方式，若是过于热切反而会给他压力，因此只能交代店里的员工：“往后只要是周先生来买东西，都帮他打折。”他自然也知道自己买东西总比别人便宜些，但此种形式至少不会让他心里有负担。

事实上，我也知道凭他的才气，要不是因为对文学的执着，何需屈就在骑楼下摆摊子？不说出版或文化界，光是了得的毛笔字功夫，在文盲普遍的年代，就可靠代笔或润资维持温饱。但我见他每次帮人书写，润笔费皆由对方随意给，有时与对方投缘，一毛钱不收也毫不在意。

刚开始有人请他上楼喝咖啡，他似乎不太习惯咖啡的味道，每次一定要加六块方糖。我猜想他大概是觉得咖啡太苦了，后来辗转从其他客人口中听说，咖啡的味道让他想起故乡的大烟水——一种从罂粟花中提炼而成，专门让不守妇道的妇人自尽的黑水。加上喝多了咖啡会让他睡不着、头昏，因此他不太喝咖啡，就算是喝，也要加一大堆糖，搅拌成他所说的“黑糖水”。

面包，他刚开始也是不爱的。他告诉过我，中国人就是要吃馒头，吃面包吃不惯。但慢慢尝试之后，似乎也不排斥，甚至有一段时间，明星推出一种类似法国面包的长条面包，他天天买一条，分成三段从早吃到晚，常常配点开水就是一天。

他胃病开刀之后就不曾再到明星楼下摆摊了，偶尔还会和朋友相约在店里见面。明星重新开幕后，除了当天出席，之后也曾几度到店里来。有次他等的朋友还没到，我便先陪他聊聊。我说：“老周！你还记得三四十年前你饿到昏倒的事吗？”他反问：“哪里的事？”于是我又问：“你也不记得当时你曾经住在武昌街五号的事了吗？”他显然不愿再提，只说了两声：“唉！唉！”我听完就知这老周的骨气和脾气和当年一模一样，一点都没有改变。其实，他是个心细又客气的人，别人对他的一丁点儿好处，他都牢牢记在心里，只是嘴巴上从来不说。

还有一回，一位记者到明星采访，得知许多作家曾在这里出入，直问如今可能在此见到作家吗？我指指靠墙的一个位子：“那不就是，今天刚好有一位，坐在那里的就是周梦蝶。”记者眼睛都亮起来了，在我的陪同下，上前向周梦蝶打招呼，没料到他只是客气点头，便掩面不再说话，弄得气氛有点尴尬。记者离开后，我问他：“老周！你干嘛不说话？”周梦蝶才捂着嘴说：“唉，我老了，牙齿都坏了，开口说话不好看呐！”说完，我们相视而笑，却发现不知不觉中，彼此真的都老了。

夜半黑衣人

因为周梦蝶的书摊，明星衍生出一股浓厚的文学风气，越来越多的艺文人士在二楼、三楼聚集和写作。

那个时期，台湾文学恰恰迈向蓬勃发展，“《中央日报》”、《台湾新生报》、“《中华日报》”、《联合报》等报纸副刊如以文比武之地，投稿作品一经录用，名气立刻大增，就算不录用，编辑也会一一批注回信，投稿人总觉格外被重视。另一方面，当局经营的“台糖”、“铁路局”、“铁路公会”、“中油”等陆续创办《野风》《畅流》《路工月刊》《拾穗》等不同类型的杂志，后来又有《皇冠》《现代文学》等民间杂志，一时之间写作、投稿蔚为风尚。加上普遍经济状况不佳，稿酬不失为赚取外快的最佳方式，于是学生利用课余写作、军人利用休息时间写作、公教人员利用下班写作，连主妇也在孩子睡了之后，静静地就着昏暗的灯光写着属于自己的故事，文学创作风起云涌。

在明星写作的人，多半对文学有高度热忱，不只是想赚点稿费而已。或者，更正确地说，这些人宁可饿肚子，也不愿放弃写作。阿锥对写作的客人向来礼遇，领班见这些客人点一杯饮料就霸着位子一整天，忍不住想上前劝离，都被他挥手挡下：“别这样，写作又不是坏事。”到了中午，有客人留下满桌纸笔，下楼去吃阳春面、卤肉饭，准备吃完再上楼继续写稿，服务生想趁机收拾桌面，顺便将人“请走”，阿锥也都予以制止：“别动！别动！免得客人上来找不到东西。”

“老板，他们都已经到楼下去吃面、吃卤肉饭了，怎么可以继续占位子？”服务生很不服气。

“俄国人说‘猫也没有天天吃荤’，我们的餐点比一般摊子贵，人家怎么可能天天吃？没关系，就放着！”阿锥笑了笑，服务生见老板不在意，无趣地碎碎念了两句：“算了！反正不是我赔钱。”便转身进厨房继续工作。

明星老板不赶人的讯息，像朵花似的在台北艺文界绽放开来。到二楼写稿的人越来越多，除了周梦蝶偶尔会上楼找地方写诗，白先勇、施叔青、隐地、楚戈、罗门、三毛、柏杨等人都先后在明星占据一处桌角，奋笔串起台湾文学的灿烂时光。

在阿锥眼中，最具活力的要算是《文学季刊》那一群。1966年尉天骢、陈映真、姚一苇、刘大任、七等生等几个年轻人，靠尉天骢的姑母尉素秋标会筹来的五万元，加上满腹的理想和抱负，办起《文学季刊》。刚开始编辑事务多在尉天骢家中进行，但单身汉住的空间小，于是一群人转到明星，占了三楼一个大房间就编起杂志。

三楼有几间以屏风隔成的小房间和两个大房间。俄国人经营的年代，大房间多半是俄罗斯人或飞虎队用来聚会，俄国人走了，就成了附近公家单位和银行机构进行会议的地点，尤其华银、台银、省库等银行机构为了省去外送茶水、咖啡、点心的麻烦，经常直接预约在三楼大房间开会。阿锥见《文学季刊》的人在三楼办杂志，办得热热闹闹，文学的嫩芽绿意盎然，于是悄悄交代领班：“以后三楼那个大房间留给办杂志的那些人用，如果银行或公司想订，尽量先让他们订另外一间！”领班原想劝阻，却又了解阿锥的个性，到嘴边的话还是吞了回去。

《文学季刊》在明星工作的日子维持了一年多，1968年初夏的一个晚上，客人走得差不多了，正准备打烊，二楼走进两个提着黑色大皮箱的黑衣男子。两人神色怪异，还戴着黑墨镜。但夜色已深，为何还戴着黑墨镜呢？阿锥嗅到不寻常的气氛。

“不好意思，我们已经打烊了。”阿锥上前说明。

两个黑衣人没有脱下墨镜，只是快速在阿锥眼前闪过证件，并说了四个字——“警备总部”。阿锥知道自己惹上麻烦了，只好问道：“有事吗？”黑衣人之一从箱子里取出公文包大小的录音机，另一名黑衣人边示意同伴按下录音键，边问：“你认识陈映真吗？”阿锥第一次见到如此巨大的录音设备，点点头：“认识啊！他是我们的客人，经常来这里编杂志，也写作。”

“你知道他都写些什么吗？”黑衣人继续操作录音机。阿锥感到好笑：“我没有权利擅自去看客人的文章，怎么会知道他写些什么？”

黑衣人一口咬定：“我们接到密报，有人说你和陈映真有来往，暗中支助他搞左派，你还不承认？”阿锥有些生气了：“我都已经说过，他只是我们的客人，我不清楚他写些什么，也不知道什么左派，你们搞错了！”

问不出想要的答案，黑衣人“咔嚓”一声关掉录音键，不悦地留下一句话：“我们会继续注意你。”便拎起东西，神色匆匆地走了。

隔天，阿锥果真听说《文学季刊》的编辑之一陈映真出事了，因为和人一起搞左派读书会，几天前被警总的人抓了，这时他才明白自己为何会被盯上。过去虽曾听说警总专门管制思想和言论，也曾抓走他们认定为“思想左倾”的人，但自己从小被告诫不能参与政治，从不与人讨论政治立场和思想，没想到还是成了被盘问的对象。阿锥心里打了一阵寒颤，却又担心：“《文学季刊》的那些人呢？”

还好，几张熟面孔照常出现，写稿的人继续写稿，编辑的人继续编辑，只是三楼的大房间里气氛逐渐凝重。之后，大房间空出的时间越来越多，《文学季刊》的编辑和作家不像当初那样天天到三楼报到。阿锥心知肚明，文学的园地已笼上一层白色阴影，这些人很难像当初那般兴致昂扬地耕耘了。

1970年，《文学季刊》宣告休刊[1]，阿锥惋惜不已。“还好自己总算帮过一点忙。”他想。

---

① 1966年10月10日创刊，由尉天骢的姑母尉素秋担任发行人，尉天骢任主编，出版十期以后于1970年休刊，期间曾刊出黄春明、陈映真、王祯和、七等生等人小说，培养了多位台湾当代重要作家，被视为七〇年代乡土文学风潮的前哨站；1971年1月改以双月刊形式复刊，更名为《文学双月刊》，但出版第二期即告休刊；1973年8月再以《文季》为名复刊，出版三期又告停刊；1983年4月一度以《文季文学》复刊，定调为双月刊，出版十一期后停刊。

明星究竟是怎样开始跟文坛结缘的呢？多数人都说因为周梦蝶，但尉天骢曾提起一段连我都不知道的明星岁月。

尉天骢表示，战后那几年，几位从内地来到台湾的文人相当活络，其中台静农是鲁迅的大弟子，孟十还是鲁迅的抬棺弟子之一，黎烈文则有很高的法国文学造诣，还办过《公论报》。由于孟十还曾经留学苏联十年，发表许多俄国翻译文学，也曾与鲁迅合作翻译俄文书籍《果戈理选集》，因此来到台湾之后成为政治大学的东方语言学系的系主任。那时几个文人听说西门町开了一家俄罗斯咖啡厅，就邀孟十还一同前去开开洋荤，顺便试试他的俄语是不是真有那么厉害。孟十还果然秀了一口流利的俄语，从点菜到交谈，与俄国人完全沟通无碍。从此这群文坛人士常到明星聚集，若真要说明星的文学岁月，这些人来得比周梦蝶更早。

确实，在1950年初期，在明星出入的并非只有俄国人，还有一些文人打扮、会说俄国话的中国人，原来那时明星就与文人结缘了，后来又因周梦蝶带来更多作家和艺文人士。

当有些咖啡厅被和“黄色”、“晦暗”划上等号，不时会有警察拿着手电筒进去照着客人的脸，查缉是否有“不检点”的情事时，明星却走出一条属于自己的艺文道路。

这些年，别人最常问我的问题不外乎：“为何你愿意让那些作家点杯饮料，就在明星坐一天？”“为何就连他们不消费，你都不赶人？”

回想自己十八岁那年，虽然从台北一中毕业，又顺利考上台湾大学，却因不想向兄嫂伸手要学费而将未来赌在一张“爱国奖券”上。我用身上仅有的钱买了张奖券，并将号码一个个背下来，期待中奖换钱去念大学。开奖那天，我一次又一次覆诵奖券上的号码，满心期待能够中奖，很不巧，中奖号码和我脑袋中的数字没有一个相同的，大学梦自此破碎。恰巧又遇上艾斯尼，走上自己完全不曾预期的人生道路。

没读大学，并不遗憾，因为遇见俄罗斯人，遇见了独特的人生风景，修习了大学所没有的人生学分。只是见到满腔抱负的读书人，心里仍有几分羡慕和敬重，尤其看到一些年龄与我相仿的作家，展现出对于纯文学的热情和理想，往往会让我想起学生时代的梦想，血液也会因再度加温而沸腾。

明星早期员工应有同样感受。当年电话不似今日普及，装设电话的地方不多，明星的电话恰恰成为杂志社和出版社找人的最佳工具，有时就连印刷厂也到明星找人。店内不少服务生都和作家熟识，就是因为接到电话或是有人来访时帮忙喊人。刚开始，服务生对这些客人霸占位子不走感到不满，但见到许多书迷慕名而来只为一睹作家真面目，也看过两三个报社、杂志社人员伺候一个作家，一拿到一张稿纸就往报社送的场景，渐渐也觉得与有荣焉。

俄国人和到明星写作的作家虽然没有交集，但作家出入的头几年，艾斯尼还是店里的顾问，拉立果夫和一些俄国人、美国人仍经常出入明星，艾斯尼虽不知其中有台湾知名作家，却也为明星弥漫文艺气息而觉得欣慰。当时他已经数度中风，挂名顾问其实是“顾而不问”，却一如往常天天报到。每一天，他固定坐在自己的位子，其他作家也多半有习惯坐的地方。他回忆属于北国的青春往事，作家书写属于台湾的悲欢离合，彼此不认识，却相互陪伴度过不少时光。

若真要问我为何特别礼遇艺文人士，或许可借用隐地所写一句话来诠释：“一杯咖啡里，沁开的不只是香气而已，而是藉由文字转化让更多的读者分享受益。”

明星的咖啡香里无心插柳多了笔墨书香，也是我的福气吧！

失业成瘾

作家当中，在明星书写最久是黄春明，阿锥最熟悉的也是黄春明。

《文学季刊》创办不久，阿锥注意到店里多了一位常客。这位客人打扮朴实、头发蓬卷、眼神慧黠，身旁总是围着许多人在等稿子。阿锥听其他客人说，这人名字叫黄春明，刚从宜兰搬到台北，虽然年纪很轻，但已发表过许多文章，很受艺文界推崇。他还注意到这位客人总是很早到明星，很晚离开，仿佛只要开始写稿，就浑然忘却白天与黑夜。

有天早晨，阿锥比往常更早到明星，转进厕所见到脏污，原想等员工处理，看看手表还有点时间，就自己来吧！他卷起袖子、拿着刷子，蹲在厕所，里里外外仔细洗刷，忽然耳际传来一声“早”，抬头一看，原来是黄春明。阿锥回了声“早”后继续工作，黄春明似乎有些惊讶：“怎么自己在洗厕所？”阿锥直起身子，边收拾边说：“刚好有点时间，就自己弄了。”

又有一次，阿锥正在做面包，突然听见黄春明大喊：“简老板，简老板，不好了……”紧张的语气让他停下双手：“怎么了？”黄春明又上气不接下气：“那个外国人倒在厕所了。”阿锥顾不得双手都是面粉，飞奔进二楼的厕所。果然，艾斯尼瘫倒在地，没了意识。黄春明问：“要不要赶快叫救护车？”阿锥点点头，用力将艾斯尼抱起，试图将他背下楼。围观的人让出一条路，走了几步，阿锥感觉到艾斯尼沉重的身躯变轻了，回头一看，原来是黄春明伸出援手。对方朝他笑笑：“你一个人背太吃力了，我帮你！”于是一人抬头一人抬脚，两人小心翼翼地将艾斯尼送上救护车。

那不是艾斯尼第一次中风了，也不是第一次在明星的厕所里昏倒，却是第一次被作家发现，第一次惊动客人。事件后，阿锥和黄春明慢慢熟络，难得彼此都得空，就天南地北地聊，聊到凌晨一两点也不觉夜深。谈话中，阿锥感觉眼前这位作家除了是个文学奇才，更是个真性情的人物，开心时爽朗大笑，说到不平处义愤填膺，不拘小节中散发出一种既熟悉又说不上来的独特气质。难怪经常有慕名而来的客人偷偷到柜台问：“黄春明今天来了吗？”许多大学生、年轻人见到他本尊，也如见到偶像明星，兴奋的神情全写在脸上。

黄春明渐渐把明星当成另一个家，和领班、服务生慢慢熟识，杯子里的开水喝完，便绕到柜台拿水壶自己添加。儿子黄国珍出生后，太太也跟着来，喝奶、换尿布全在明星的大理石桌上解决，被艺文界人士称为“明星之子”。阿锥的太太向来喜爱孩子，见到国珍总要塞一两个面包或蛋糕，当时一个小蛋糕大约要价十块钱，黄春明常像顽童似地向其他作家炫耀：“看！只有我们家才有！”

阿锥了解作家的生活并不宽裕，但他以为黄春明写出许多脍炙人口的文章，至少可以维生，不过事实似乎不然。每隔一段时间，他会发现黄春明消失了，一问才知道他到广告公司或其他单位去上班了。但隔了一阵子，他又会回来，说：“我还是习惯坐明星的桌子，喝明星的咖啡。”说完自己先笑开来，阿锥听了也跟着笑，心想这人真的是太爱写作，太爱文学了，为了写稿，失业也在所不惜。

1989年明星歇业那晚，许多作家都来了，黄春明当然也没有缺席。他一直坐到最后，像从前那样与阿锥天南地北地聊着。深夜，所有人都走了，只剩下他俩。他怅然若失：“简老板，你把明星收了，以后我到哪里去写作？我没有明星的桌子、椅子，写不出东西啊！”阿锥心头一热，嘴上却故意开玩笑：“你还真奇怪，哪里不能写，一定要明星的桌子椅子？这样好了，我送你一套桌椅，你找时间来搬。”

小货车来搬桌椅那天，两人话都不多。一张圆桌、四张椅子全部上车，黄春明向阿锥道谢准备离去，阿锥又拿了一组咖啡杯：“这个也给你！”黄春明接过咖啡杯，抱在怀里。车子缓缓启动了，黄春明从车窗探出头，大声喊：“谢谢，谢谢你，简老板……”

黄春明接受媒体采访时，曾说起我自己亲自打扫明星厕所的事情。其实，老板洗厕所在明星从来就不是新鲜事，明星刚装马桶时，有贵族血统的艾斯尼还特地去买盐酸和刷子示范如何清洗。往后艾斯尼经常自己动手刷马桶，我一有空也会帮忙。他常告诉我："看人要看细小处，经营事业也要从最细微的地方做起。"后来事业忙碌，扫厕所的工作交给员工，但我每次到店里还是习惯去看看厕所干不干净。若是不干净，就自己动手做，员工看老板都能亲自扫马桶了，扫起来自然格外用心。

倒是我心目中的黄春明是个富有的人，没有太多钱财，却有过人的才华和坚定的执着。

记得当时他常说一些台湾老辈的故事，有时说淡水人的古早时代，有时说宜兰人的乡土生活。我很好奇："你怎么这么厉害，知道这么多早期的事？"他才透露自己常到庙口去听老人家讲古，许多文章的灵感也来自那里。“不要小看庙口那些老人，他们口里全是人生智慧，听他们说话，可以学到许多课本以外的宝贵知识。”他总是这么说。

现在许多人流行骑车环岛，当年黄春明就曾骑着他的老摩托车“凸归台湾”②。他的摩托车很有历史，有时骑到半路，排气管迸出乒乒乓乓的火花，停下来自己换颗火星塞就继续上路。后来他在作品中写出对于乡土的感情和关怀，多少是因为那段时间累积下来的能量。

他是个思路灵活的人，脑袋中总有新鲜的点子，除了曾转业到广告公司工作外，也曾卖过便当，打算做狗笼外销生意。走过全台湾发现各地信仰的神明不同，也想过要将台湾所有神明都放在同间庙寺，让信徒不用巡回全台去进香。有一回我在中华路和峨嵋街附近的一家百货行遇见他，跟他打招呼：“你怎么在这里？”他告诉我：“这是亲友的百货行，我现在到这儿上班。”但和往常一样，过一段时间，他又回到明星，继续写作。

虽然经常失业，他对于金钱却相当豁达。没钱时，点一杯咖啡就坐一天；有钱时，口袋一掏就将钱交给领班：“连我那些朋友的账也一起算，剩的就留着慢慢扣。”记得其他作家曾开玩笑说，只要黄春明没帮大家埋单，就知道他又失业了。我常觉得，有钱、没钱并不影响黄春明的富有，因为他有热情、有理想，那就是最大的资产。

前前后后、断断续续，黄春明在明星写作约有二十多年。其他作家聊起过往在明星书写的日子，还会开玩笑说黄春明是“奥客”[③]，但我很开心他能够将明星当成家。当初，明星之于俄国人，就是在台湾的一个家，后来，我独立经营明星，能够让台湾作家将明星视为创作的窝，也算是不负使命。

黄春明说：“明星歇业这些年，还好有那套桌椅和咖啡杯陪我。”我听了感动不已，有他对明星的这份珍惜，足够了。

---

② 周游台湾。

③ “烂”客人，很难伺候的客人。

“不务正业”的大少爷

《文学季刊》在三楼办杂志时，屏风隔着的小房间里坐的是林怀民。那年他才十九岁，念政大二年级，没课就窝在明星写作。

阿锥眼中的林怀民是个有教养的大孩子，脸庞清秀，眉宇间透着非凡的才气。林怀民的父亲林金生似乎不认同，提到儿子总是摇头叹气。

阿锥差不多在同时间与林金生父子认识。1964年，“云林县长”任满，林金生转职高雄大贝湖[④]水厂厂长。一次，林金生循着他人留下的蛋糕盒的住址找到明星，买了蛋糕后，又问：“我们刚从高雄上来，可以跟你问路吗？”说了半天，司机似乎还是鸭子听雷，阿锥决定好人做到底，将他们带到目的地。

路上，林金生和阿锥发现彼此有许多相似之处：都是土生土长的台湾人，也都受过日本教育，谈起话来闽南语、日语交替，感到相当投缘。往后林金生只要上台北办事，第一站往往就是到明星喝咖啡，偶尔需要带路，阿锥也总会放下手边的事陪他到目的地。林金生北上担任台北市“党部主委”、“交通部长”，更养成天天到明星喝咖啡的习惯，但因为公务繁忙，多半只在一楼柜台买了外带。

有次买好咖啡，林金生皱着眉头：“那些在你楼上写小说的人里头，有一个是阮后生——林怀民。”阿锥才知道那位眉清目秀的大学生原来是林金生的儿子，慢慢地，他和林怀民也逐渐熟识，常听旁人称他为少爷。有一天林怀民前脚刚上明星二楼，林金生后脚也到了。“父子这么有默契，你家的少爷也才刚到。”林金生一听不以为然地说："啥米少爷？麦叫伊少爷，叫伊肖仔[5]搁差不多！"

阿锥吓了一跳，没料到林金生会这么说。"伊一天到晚拢在想跳舞的代志[6]，舞来舞去，亲像肖仔，根本就没出息。"阿锥早听说家族对林怀民的期望很深，只是没想到林金生对儿子热衷跳舞这件事反弹如此剧烈。林金生喝下咖啡，吐出一个父亲的无力："简仔！你找时间替我苦劝伊，叫伊麦搁[7]跳舞！"阿锥客气答允："喔！那有机会，我会讲看麦咧。"

但是，阿锥始终开不了口，几次问林怀民："听说你对跳舞很有兴趣？"他总是轻轻点头、低声应着"嗯"。看着他发光的眼，阿锥知道，这年轻人心里有梦。

日后林金生再来明星都会故意问："阮家的肖仔在楼上吗？"阿锥听了好气又好笑："你讲乎好，是少爷！不是肖仔！"

"你有替我苦劝伊没？"

"好！好！我会搁找时间甲伊讲！"

---

④大贝湖即为现今之澄清湖，湖区内有一处为蒋中正兴建的大贝湖行馆，现改为西湾艺廊。

⑤闽南语的「疯子」，与「少爷」的闽南语相近。

⑥事情。

⑦不要。

2006年林怀民获国际表演艺术协会颁发卓越艺术家奖，回到台湾之后在明星举办感恩茶会，现场来了几十位媒体记者，热烈的场面让我再度感受林怀民和云门舞集的非凡成就。看着被媒体包围的林怀民，我替他开心，也为林金生感到骄傲。

当初林金生对于儿子考上政大没考上台大，耿耿于怀；对于儿子成天迷写小说，不去思考为国为民做大事，颇有微词；后来儿子爱上跳舞，更是气到用“肖仔”形容自己的儿子。但几十年过去，这个因为不想走在被安排的道路而让父亲失望的年轻人，却在舞蹈艺术的领域大放异彩，在国际舞台上享有盛名，这应是林金生始料未及！

一直以来，许多人都以为林怀民顶着秀才、政治人物之后的光环，必定是受尽呵护，事实上，从言谈中可以看出林金生对他的教育极为严谨，对他的要求亦相当高。在我看来，名门光环对他虽有助力也有阻力，父亲早年的不认同更对他造成不小压力，还好他能坚持自己所爱，才终于成为一个杰出的艺术家。

林金生拜托的事，我放了三四十多年都没告诉林怀民。感恩会那天，我原本打算跟他提起这段往事，虽然时间久了点，但也算受人之托忠人之事，不过因媒体众多、无暇多谈，只好作罢。然而我更想告诉林金生："还好，我没帮着劝你儿子！"

看着挂在明星二楼门口的林怀民的旧照，再看看现在被簇拥的林怀民，我想说："林桑，你在天上看到了吧，你的后生真正没让你漏气！"

点罗宋汤的有钱作家

作家当中，有一位特别洁净。皮肤白白的，唇色红红的，总是优雅地喝着咖啡，轻声细语地和其他人讨论着。

阿锥会注意到他，是因为其他作家多半奋笔疾书，或是对着稿纸若有所思，他却较少在明星写作，有时是和几个口音不像本地人的文人聊着，有时是不疾不徐和几个大学生模样的人谈论文章。

有一次，他点了一份罗宋汤，阿锥印象更深了。当时，在明星写作的作家多半未成名，收入仅靠微薄稿费，在店里写稿，常是点上一杯咖啡坐上一天，顶多吃上一盘蛋炒饭，若是领到稿费，才会开心地吃个蛋糕。点罗宋汤的作家，太少见了。

不只如此，当时台湾社会以务农为主，人们普遍不食用牛肉，餐厅内的罗宋汤主要销售对象都是外国人，为何这位年轻的男作家习惯和其他人不同呢？

一次攀谈，男作家告诉阿锥："我小时候曾随爸爸住过上海，爸爸也曾带我到上海霞飞路的ASTORIA喝罗宋汤。"男作家侃侃而谈，上海ASTORIA也是由白俄人经营，在当时上海多家西餐厅中，ASTORIA的罗宋汤价格算是实惠的。

阿锥这才知道，这位年轻自己四五岁的温文男子，正是陆军一级上将白崇禧的儿子，白先勇。当年，因为战乱移居经验，让白先勇对于白俄人留下深刻印象，来到台湾后，能再吃到罗宋汤，也让他被封存在对岸的儿时记忆，一点点透过味蕾回到脑海。

阿锥随口问起："台湾人很少吃牛肉，你们应该没这禁忌？"白先勇笑了笑没作答，倒是一旁的客人透露："他们家族都是虔诚的回教徒。"阿锥也笑了，原来如此，那么吃牛肉喝罗宋汤，正是再自然不过的事。

明星二楼通往三楼转角处，有一收藏旧时资料的玻璃柜，最显眼的位置放的正是白先勇于1984年出版的《明星咖啡馆》一书。

书已经泛黄了，但他在书里描述的明星，至今仍鼓励着我。

他写道："明星大概是台北最有历史的咖啡馆了。记得二十年前还在大学时代，明星便常常是我们聚会的所在。那时候，明星的老板是一个白俄，蛋糕做得特别讲究，奶油新鲜，又不甜腻，清新可口，颇有从前上海霞飞路上白俄西点店的风味。"

他又写："我发现台北的咖啡馆，竟也大街小巷，栉比鳞次起来，犹如雨后春笋，完全取代了早年'纯吃茶'，而装潢之瑰丽，五光十色，纽约东京瞠乎其后……或许是我的偏见，这些新兴的咖啡馆，豪华是豪华，但太过炫耀了，有点暴发户。我还是喜欢武昌街上那间灰朴朴的明星，明星的咖啡，明星的蛋糕，二十多年，香醇依旧。"

那是他由美国求学回来，重返明星后的感想。他口中的白俄人，应该就是艾斯尼吧！但他可能不知道，当时的白俄人都已离去了，连艾斯尼都已被上帝接走，而我正为税务局不断上门查税而苦恼，加上看到台北市其他咖啡厅一间间开，装潢摆设都比明星讲究，客人苦恼和灰心之余，我数度考虑收起明星。

但看到一位知名作家竟以《明星咖啡馆》为书名，并在书中对明星多有溢美之词，让我受宠若惊，再一次感觉到明星存在的价值，也让我重新燃起斗志。

明星，给予许多人浓醇的咖啡香，而我，又领受过众多明星顾客所赐予的温暖。施与受本为一体，一边给予，前行的路上才不致身担重负；一边领受，才有足够动力，能够开足马达，向前奔跑。

《晚安曲》里的寂寞背影

二楼咖啡馆已经收拾得差不多，值最后一班的员工将音响的录音带切换至《晚安曲》，提醒客人即将打烊。

几桌原本还在聊着的客人纷纷互道“再见”，几个在稿上最后冲刺的作家也赶紧起身收拾。但一位坐在窗边的女孩，始终不为所动。

员工靠近她：“小姐，抱歉，我们要打烊了。”女孩还是若有所思地坐着。

员工不知如何是好，只好下楼到一楼面包店厨房告诉正在为隔日备料的阿锥。“老板，晚安曲已经播四次了，楼上有位小姐却还是不走，我们没办法关灯关门。”

阿锥擦了擦满是面粉的手，上楼一探，不正是经常来和周梦蝶聊天的年轻女作家三毛吗？这时，员工也认出她来：“那不是常有男士要我们帮忙递‘小抄’给她的三毛？”

员工的惊讶，阿锥可以理解。因为当时二十多岁的三毛，有着一双慧黠的大眼和一头飘逸的长发，浑身透着独特清灵的气质。只要她走进明星，就连专心伏案写作的作家们都会忍不住多看一眼。

但此刻的三毛却像失去灵魂般，不言不语，只是木木坐着。

阿锥看得出来她有心事，但怕唐突，“你是不是有心事”的话到了嘴边又吞了回去，只是告诉她：“我们要打烊了，请你今天先回家休息吧！”三毛也没搭腔，只是点点头，结账后离去了。

很多年后，我才从其他作家口中知道，由于三毛的初恋男友喜欢到明星楼下与周梦蝶谈诗论文，二人经常在明星喝一杯咖啡坐一下午，因而结识不少艺文界朋友。

后来，初恋幻灭，三毛并未将明星当成伤心地，反而更常到明星点上一杯咖啡，和艺文朋友交流。又后来，我辗转得知她在明星结识一位画家，对方的艺术气息让她重新燃起对爱情的狂热，也让她匆匆决定将终身托付给对方，并且选在二人初次邂逅的明星订定婚约。

但她又一次被爱情所伤。就在喜帖发出之后，三毛却被他人告知，信誓旦旦要疼她惜她一生的男人，早就有妻小。

除非作家朋友主动告诉我，否则我很少过问他们的私事。但多年后，我得知三毛曾为这位画家差点寻短见，我急急地问："她还好吗？"一位艺文界告诉我："她后来就出国了，写了多本海外生活相关的小说，相当卖座，还嫁了个西班牙人。"

这回，三毛应该找到幸福了，我一直这样以为，也没再仔细留意过她的消息，也没留意到她又经历丧夫之痛。直到有一天，员工急急地跑来告诉我："电视在播三毛自杀的新闻呐！"我的脑子里嗡嗡作响，突然想起那晚，她木然坐在《晚安曲》的旋律里，久久没有离去。

有 态 度 的 西 点

“最高机密”

如果说咖啡和文化是明星的灵魂，西点和面包就是明星的血肉。

1949年，明星开幕，厨房由俄罗斯股东之一布尔林和他两个儿子负责，帮忙的还有张大田从热河带来的一对刘姓兄弟和一位张先生。布尔林曾参与上海霞飞路ASTORIA餐厅的经营，两个儿子在那儿学到做面包、蛋糕的技术。大儿子年长阿锥两岁，做面包的技术最为纯熟，经常双手举起长铁棒，就将铁托盘上几十斤的面团送进火红的烤炉。

面包是西洋人的主食，对俄国人而言并不稀奇，但提到俄罗斯软糖和火腿，不仅俄国人爱吃，就连经常吃香喝辣的飞虎队员也会眼睛发亮。尽管火腿价格相当昂贵，每磅要价几十块台币，对高薪的飞虎队员却只是九牛一毛，不管刮风下雨都是一早就派车来拿。

俄罗斯股东当中，只有列比利夫夫妇俩会制作俄罗斯软糖和火腿。制作时从不让人观看，一定是先在台北市萤桥小学附近的住处做好，再送到明星的门市。制作软糖和火腿都需要材料，列比利夫常找阿锥带路，沿着台北街头四处寻找买材料。

“为何只有你会做，其他俄罗斯人都不会？”一回两人又上街采买，阿锥道出心里的好奇。“这是从沙皇皇室流传出来的秘方，只有皇族和贵族吃过，一般人当然不知道。”列比利夫一边走，一边神秘兮兮地透露自己曾经在俄国皇室的厨房工作过，明星卖的软糖和火腿就是当年做给皇族、贵族吃的。阿锥这才明白为何列比利夫连选材都那么讲究，不仅材料精挑细选，连熏烤用的木材也要选用特定种类。

两人回到列比利夫的住处，不知是觉得台湾人不懂俄国厨艺，还是一时不设防，列比利夫竟破例让阿锥观看火腿和软糖的制作过程。这一次，也是唯一的一次。

1953年，布尔林一家离开台湾。1954年，列比利夫夫妇也决定移民至巴西。消息一出，多人争相上门要求学习俄罗斯软糖和火腿的制作方法，最后由明星另一位股东妮娜的丈夫张大田以高价买得火腿秘方。列比利夫离开台湾后，张大田兴高采烈将设备搬回家，并延揽所有飞虎队的生意，应允如往常般供应火腿。但没几天，张大田苦着一张脸来到明星，艾斯尼一问，才知道被他寄予重望的一百多条火腿全数发臭，秘方费、材料费全部血本无归。

张大田离去后，阿锥脑海浮现列比利夫制作火腿和软糖的画面：“Uncle，张大田的火腿之所以失败，问题应该出在熏烧的木材上，他用错木材了，不能用樟木。”艾斯尼很纳闷：“你怎么知道？”阿锥说：“列比利夫做的时候，曾经让我看过一次。”这位俄国人以不敢置信的眼神看着眼前的年轻合伙人，他却继续说道：“要做火腿不容易，但要做俄罗斯软糖，应该不难。”

“真的吗？那你就试试看啊！”艾斯尼兴奋地鼓励着，阿锥有些犹豫，不知道自己做不做得到。艾斯尼将他拉进厨房：“别担心，不试完全没机会，试过之后，失败也没有损失，一旦成功却可能带来意外的收获。”

阿锥一听也觉有道理，于是准备好印象中的材料，一个步骤、一个步骤拼凑记忆。成品做出来了，样子有九分像，阿锥心里却很忐忑。艾斯尼吃了一口，大喊：“我的老天！太棒了！Archie你真是天才！”成功了吗？阿锥不敢相信，放了一口到自己口中……是的！没错，就是这个味道！太好了，就是这个味道。

俄罗斯软糖复活了，几个俄国股东开心极了，虽然阿锥自认还是没能做出列比利夫式的口感，但前来购买的俄国人都告诉他：“Archie, you did a good job.”

因为地理环境生产的食材不同，早期为了帮俄罗斯人找寻材料，费了不少功夫。为了制作核桃糕，遍寻不着葡萄干，只好用龙眼干代替；为了寻找合适的面粉，走遍整个台北市，最后才在迪化街的进口商店买到。战后资源取得不易，今日绝对难以想象。

我和妻子正是因为一段“面粉之缘”而缔结连理。当时，明星的面粉用量极大，每隔几天就要到迪化街一趟。有天，我照常前去买面粉，店家却告知“没货了”，怎么会这样呢？一问才知船期耽误，进口的面粉还在海关。然而，明星不能有任何面粉断货的情形发生，更不能没有面包卖，我和艾斯尼商量后，决定一次大量购买，以免货源青黄不接。

面粉买进来了，问题也来了。明星一楼要当厨房和西点面包门市，二楼是咖啡厅，根本无处可放，我只好和艾斯尼一同去拜托武昌街五号（当时还没买下）的屋主——小儿科医师张宗田，请他借地方让明星寄放面粉。张医师倒也爽快，一口就答应了。有天我到小儿科搬面粉，发现诊所内来了一位大眼睛的美丽女孩，悄悄问医师娘：“你们又多雇一位护士小姐吗？”医师娘竟一把将她拉到我面前，说：“这是我的亲戚，名叫黄碧霞，之前在静心小学当老师。”突如其来的照面，搞得我不知如何应对，半天只能说出“你好”两个字。

医师娘继续说：“碧霞现在刚好没工作，让她到你们店里帮忙吧！”我更不知所措了:“不行，用人的事情要和艾斯尼商量，我不能自己作主……”话还没说完，医师娘就先打断:“什么？不行？你回去告诉艾斯尼，不行的话，面粉就统统给我搬走。”大概是我的脸色太古怪，女孩转着一双大眼睛，看起来就快要笑出来，我耳根红得发烫，抛出一句：“噢，我知道了。”赶紧搬了面粉跑回明星。

隔几天，女孩成了明星的一员，利落的手脚和得体的应对，让俄国人全部刮目相看，但艾斯尼对这位不熟悉的女孩似乎还是不放心。那时列比利夫每天都会制作二十至四十磅的火腿拿到门市卖，其中大部分是飞虎队预订。有天下午，我踏进明星就听到艾斯尼对着这个新进的女孩大发脾气，原来她将飞虎队订购的火腿全都卖出去了。

本以为产品卖得好，老板会称赞自己，这下却闯祸了，女孩一整天都显得闷闷不乐，午后下班便黯然离去。而我因为知道列比利夫每天做的火腿有一定数量，虽然不忍心却也无从帮起。到了傍晚，飞虎队队员就要来了，艾斯尼气还没消：“看看她做的好事，让我怎么跟人家交代？”不料此时女孩却抱了一包火腿由列比利夫陪着走进来，艾斯尼和我都惊讶极了。

原来女孩为自己闯祸相当自责，听说列比利夫的住处在萤桥小学一带，下班后就从武昌街一路走到萤桥小学。到了萤桥小学，花了好几个钟头挨家挨户向人打听“附近有没有住一个外国人”，没想到真的让她给找到了。刚开始，列比利夫见到她突然来敲门被吓了一跳，听到她走了好几个钟头找到自己，当下为她的毅力所感动，拿了一份刚做好的火腿，便拉着她坐黄包车赶回明星。艾斯尼听完，也对女孩勇于面对问题的个性十分赞赏，从此印象大好，变得凡事相当依赖她。

我心想，这么有毅力又聪明的女孩不娶，娶谁？交往一段时间后，她成了我的家后，俄罗斯话说得比我好，做起生意也比我灵活。五十多年来，她陪我一起照顾艾斯尼、拉立果夫夫妇，陪我经营明星，与我一起建立家庭，共同品味人生的酸甜苦辣，不管多少风雨，始终站在身旁与我共同承担。

面粉，温暖了俄罗斯人异乡岁月，也为我找到相守一生的牵手。

面粉，平凡无奇，却又仿佛老天爷赏赐的幸福魔粉，洒在明星，也洒在我们身上。

用电话线做蛋糕

明星第一次产权易主，阿锥为了让艾斯尼不被驱逐出境而独自顶下经营。但契约打理好了，资金张罗好了，准备重展旗帜，却发现厨房的师傅跑了。

1961年接手那天，阿锥走进店里，见到店内只剩几个员工坐在板凳上聊天，百无聊赖的样子，让人不禁怀疑，这是平常热闹的明星吗？

“怎么还没开始工作？这时不是应该要开始包装了吗？”阿锥既着急又不解。

“没有人做面包、蛋糕，没有东西包呢！”员工回答得理直气壮。

“其他人呢？厨房的师傅呢？”阿锥更焦急了。

“走了！”一个员工中气十足地说，仿佛事情早该这么发生。

“走了？”阿锥不敢相信自己的耳朵，他冲上二楼，再跑回一楼的厨房，真的，偌大的店里，竟除了眼前这几个人之外没有其他半个员工。

怎会这样呢？阿锥数了数，一共少了八位员工，“他们都到哪儿去了？”阿锥不死心。“其他股东告诉大家，股东拆伙了，明星就快倒了，所以大家都到别的地方找工作去了。”

阿锥不想追问是哪一个股东放的消息，但他知道事情不妙了。“客人呢？有客人上门吗？”

员工吞吞吐吐：“有啊！说要订蛋糕，但是我们又不会做蛋糕……”

突然，千斤重担落在肩上，压得他几乎不能呼吸。

阿锥感觉心跳急促、眼前一阵花白，但他告诉自己，深呼吸，冷静下来，没有不能解决的问题，事情必须一件件来。首先，必须先稳定军心。他召集所有留下来的员工，明确地宣布，明星不会收，往后除了改由他担任老板，其他一切照旧，老老板艾斯尼会担任顾问，薪水一毛也不会少。再来，必须留住客人。他请员工向客人解释，因为材料不够，蛋糕、面包数量不够，暂时只先供应俄罗斯软糖等西点。还有，必须调来帮手。他拨了电话给小姨子、连襟，动员亲友找了四个刚离开学校，正在等当兵的小伙子，约定好明天清晨五点到厨房帮忙。

忙进忙出，总算让明星稍稍恢复生气，阿锥喝了口水，喘了一口气。但是，明天的面包呢？明天的蛋糕呢？挡得了一时，挡不了永远，今天可以用西点顶着，明天客人上门又该怎么解释呢？一次买不到可以接受，两次买不到可以忍耐，第三次再买不到，客人大概就不愿意再上门了。眼前最棘手的问题是，明星上下没有任何人会做面包或蛋糕，过去艾斯尼负责经营，甚少参与厨房工作，根本不会做面包，而自己偶尔虽会帮忙列比利夫夫妇，但多半是打打蛋、打面粉，不曾真正做过一个面包，至于蛋糕，更是连面粉、奶油的比例都不确定，如何做出能卖的产品？

他不想让失意的艾斯尼操心，更不甘心明星的光芒就此熄灭，站起身来，他决定抬头迎向突如其来的狂暴风雨。他寻思着，当初西点是外国人做的，虽然俄国人都走了，或许仍可找到会做西点的外国人。他驾车到进口外国材料的美军福利社，期待找到一线希望。很可惜，这些人多半只负责买卖，对做西点一窍不通。他不想放弃，心想："或许有教人做西点的书籍呢？"

突然一线曙光在眼前亮起，对啊！香港当时正被英国殖民统治着，英国人的主食也是面包，一定会有相关食谱。他打了长途电话给一位在香港美军福利社工作的朋友，请对方尽速到书店帮忙找书。几个小时之后，他再度拨电话确认，朋友说："我只找到一本《Home Make》，里头写的全是蛋糕的作法，派得上用场吗？"

"一定要派上用场。"阿锥没有余地。

然而，书在香港、人在台湾，隔着浩瀚的海峡，就算飞鸽传书只怕也缓不济急。朋友问他如何是好？他说："你念，我记！"肩膀夹着电话，右手不停地抄写着海峡那头传来的每个英文字，生怕遗漏任何一个细节。不知抄了多久，艾斯尼那只老时钟当当当地响了十二下，午夜十二点了，舍命陪君子的朋友也累坏了，说了声："祝你好运！"这才结束一场漫长的跨海连线。

有了制作蛋糕的方法，硬仗才要开始。他必须先消化笔记上的做法和数据，制作西点最重要的就是食材比例，但《Home Make》的资料是针对家庭为单位进行设计，并不适用贩售使用。选了其中三个基础蛋糕的作法，他一一换算比例，将材料用量放大为产品需要的份量，再将资料做成小抄，顶着月光走出家门，驱车前往明星。

凌晨两点多，明星空无一人，站在熟悉的厨房里，竟感到如此陌生。他提醒自己，绝不能表现出不安或退缩，一定要给员工信心，明星的招牌才不至毁于一旦；员工上工之前，他还必须背妥小抄上的做法，不能让员工发现老板其实并不会做西点。背着背着，新进的学徒陆续来了，他赶紧将纸条塞进口袋，招呼学徒进行制作前的准备。

首先，得先做销售量最大的面包，除了外国人，火车站一带已有不少台湾人不再只吃馒头、豆浆，习惯买明星的面包当早餐。

阿锥闭起眼睛，在脑海里找寻布尔林和列比利夫夫妇在此制作面包的画面，凭着记忆一步一步带领学徒做着同样的动作。四个完全没碰过西点的年轻人宛如初入厨房的新嫁娘，一个口令一个动作，打面粉的打面粉，揉面团的揉面团，一一照着他的指示进行。第一批面包出炉的时间到了，烤炉飘出浓郁的面包香，学徒们全挤上前，阿锥从烤箱取出面包，样子似乎没问题，口感呢？他切开一个分给四人试吃，即刻听到“好香！好好吃！”的欢呼声。

学徒们兴奋极了，阿锥也放下心头一块大石。他感觉手感回来了，俄国人当年制作面包的模样如电影放映一样，一幕幕回到脑海，第二批、第三批的面包也都顺利出炉。尽管彻夜未眠，但看着所有的面包如期摆上门市，看着客人一如往常选购面包，阿锥内心一阵激动："总算没有砸了明星的招牌！"他望着沾满面粉的手，欣喜不已。

紧接着，是更难的挑战——蛋糕。面包，至少曾经看过俄罗斯人制作；蛋糕，却连碰都不曾碰过。但阿锥没有退路，他集合四个学徒，期望能够做出可以贩卖的蛋糕。阿锥生怕学徒发现自己现学现卖而失去信心，藏起纸条，靠着记忆指导学徒制作蛋糕。"第一个步骤先放入面粉、糖"，"第二个步骤放入鸡蛋"，"第三个步骤……"

"第三个步骤……"糟了！第三个步骤是什么？整夜没睡加上劳累，他发现脑筋开始不听使唤，学徒们全望着他，等待下一个指令，自己却不敢从口袋里拿出纸条。灵机一动之下，他镇定地说：“噢，你们先等一下，老板先去上厕所。”进了厕所，拿出小抄找到答案，又回到厨房：“第三个步骤将材料打到八分发……”

那天，学徒们都以为这老板是爱跑厕所的人，做个蛋糕得跑一两次厕所。没有人知道，其实他是到厕所看小抄恶补；也没有人知道，明星新一代的蛋糕，竟在此情形下重生。

试验的三种蛋糕全部成功，从未见过蛋糕的学徒们看到成品漂亮出炉，纷纷对阿锥投以崇拜的眼神：“老板！你真厉害！”他却感觉睡意像一只只蚂蚁从脚底爬上全身，留下一句：“老板还要再去上一下厕所，剩下麻烦你们收拾了。”钻进车里，他总算能好好睡上一觉。

没事不要惹事，有事不要怕事。遇上困难时，我常这样提醒自己。

那一年，跟着俄国人学到技术的师傅全部无预警离职，明星面临无货可卖的窘境。当下只有两条路可走，一条是关门大吉、认赔了事；另一条是尽快找到熟手顶替。之所以独资顶下明星，正是为了让艾斯尼继续拥有工作证，可以在台湾居留，因此不可能选择第一条路；另一条路是上选，但当时会制作西点的在台外国人有限，本地人更是寥寥可数。

打那个电话向朋友求助是万不得已，也是唯一的选择。如今再想起，仍觉得自己很大胆，靠着电话连线，靠着几张笔记就赌上明星的招牌。然而，人生的大海怎可能无风无浪？一旦遇上狂风巨浪，掌舵的人更不能惊慌，只有掌稳舵，才能留住整船的希望。

能在没有师傅的状况下做出面包，是因曾经看俄国人做过，多少有些印象。但制作蛋糕对我而言却是前所未有的尝试，成败只有一线之隔。我选择实验的首批蛋糕是：巧克力蛋糕（又叫做魔鬼蛋糕）、戚风蛋糕（又名天使蛋糕）、瑞士蛋糕，做法、种类都比过去俄国人唯一生产的奶油蛋糕来得繁复。危机就是转机，这件事是最好的证明，原本连奶油蛋糕都生产不出来，破釜沉舟一试，却让明星蛋糕的口味更为多元，也为台湾蛋糕界带来了新气象。

试验成功后，明星在1951年元旦正式推出魔鬼、天使、瑞士蛋糕这三种新口味，在全台皆为首见。记得刚开始，客人都觉得不可思议，尤其对魔鬼蛋糕十分好奇：“怎么会有黑漆漆的蛋糕？”加上台湾人将黑色视为不吉利，生日吃黑蛋糕总觉得不对劲，所以对于魔鬼蛋糕都持保留态度，但因口感取胜，魔鬼蛋糕依旧受到好评，销量顿时暴增。

有回我站在骑楼下透气，听见两人的对话。其中一人说：“怎么可能会有黑蛋糕？”另一人答：“对啊！我就不相信有这种蛋糕！”两人不以为然的语气引起我的好奇。其中一人又说：“客人跑来跟我说要买黑蛋糕，还跟我说明星的黑蛋糕很特别很好吃，我就是不相信有这种蛋糕，所以跑来看看……”听完后，我认出是邻近两家西点蛋糕店的人，心里暗暗觉得有意思。

之后，我持续照着连线抄来的笔记试验各种蛋糕，也将作法应用在面包上，不断研发出新的口味和种类。1964年，我成功制作出可颂面包（Croissant即牛角面包），当时在台湾也是前所有未见。几个法国客人因此天天到明星报到，并开心地告诉我，可颂面包是“法国的油条”，法国人早餐最常吃的就是可颂配咖啡，就像台湾人吃豆浆配油条，明星的可颂让他们找到了家乡的味道。尽管近几年，因为台湾可颂面包处处可见，明星不想加入这片“可颂红海”而停止继续生产，但明星的可颂面包仍被许多人所记忆、所怀念。

从差点开天窗，到研发出台湾首见的数种蛋糕、面包；从厨房闹空城，到带领新学徒重新摸索，再到日后各大饭店西点部门都可见到明星出身的师傅。现在想想，没有退路不见得是坏事，只要继续往前走，反而能走出另一条康庄大道。

庆生与吊唁

一大早，明星上下忙得不可开交，厨房里备料的备料，做蛋糕的做蛋糕，没人有空多说一句话，几个搬货的员工不自觉地小跑起来，连上门的客人都能感受到忙碌的气氛。

这一天，是1966年10月30日，也是蒋介石八十一岁生日前夕，明星必须在天亮之前备妥八层蛋糕送到台北中山纪念馆，还需要制作数个不同口味的大蛋糕送到各级单位。

过去，台湾从不曾有人制作过多层蛋糕，直到前一阵子新光机构创办人吴火狮特地到店里找阿锥，询问制作九层蛋糕的可能性，好让他以此为九十岁的老母亲贺寿。“如果蛋糕也能像寿桃那样层层叠叠，老人家看了应该也会觉得新奇和高兴吧！”吴火狮满怀希望。但阿锥至今不曾见过蛋糕像寿桃那样叠在一块，更何况是制作呢？原想拒绝，却又从中感觉到一个儿子对母亲的孝顺和心意，于是他点头答应：“把日期告诉我，我来想办法。”

吴太夫人生日那天，新光机构在圆山饭店举行寿筵。筵席前，工作人员见阿锥带着员工搬进一个又一个的蛋糕，仔细架起层架，一层一层组装起九层蛋糕，颇有平地高楼起的壮观，纷纷发出惊奇的赞叹。明星能够制作多层蛋糕的消息一传出去，连当局主管部门也慕名前来订制，其中，为蒋介石制作生日蛋糕是尤其马虎不得的重任。

时间一点一点逼近了，阿锥走进走出关照着，心理压力不小。早在半个月前，他就向木具行订好蛋糕层架，并一一检查以免出错，毕竟在蒋介石生日庆祝会上发生蛋糕倒塌的意外，可不是闹着玩的。

一整天，烤炉没有休息，烤了一个又一个蛋糕。深夜，阿锥和员工小心翼翼地将蛋糕装进货车送到台北中山纪念馆。可能是明星经常为有关单位制作蛋糕和西点，安检人员看到是明星的工作人员倒也没刁难，照例检查后只叮嘱要尽快完成便放行。阿锥和员工哪敢怠慢，赶紧分头进行装架、装饰和组装的工作。

第一次制作的多层蛋糕似乎相当成功。从那年开始，为蒋介石准备生日蛋糕成为明星的年度重头戏，每到十月中旬，明星就要上紧发条，开始为月底的多层蛋糕做准备。为了区别蒋介石的年龄，阿锥特别在蛋糕顶层做变化，八十一岁顶层多摆一个迷你小蛋糕，八十二岁摆两个，八十三岁摆三个……一直到八十八岁那年。

1974年，蒋介石逢八十九岁，但因中国人生日忌讳过“九”，遂改为九十岁。当局为了恭贺九十大寿，纷纷规划举办庆祝活动，明星一口气接到十个来自主管部门和单位的订单，都来订制九层大蛋糕。其中“侨委会”订制的蛋糕将用于台北中山纪念馆，蒋介石将亲自出席会场，接受祝贺。

算一算，十个九层蛋糕需要大大小小共九十个蛋糕来组装，虽然活动在十月的最后一天，但阿锥不敢稍有松懈，一两个月前即进入备战状态。要进货备料，要盯紧木具行赶制层架，还要陪着师傅挑灯夜战。

10月29日晚间，阿锥开始清点蛋糕，仔细核对数量和尺寸，没想到竟发现“侨委会”订制的蛋糕少了底层，他紧张地问：“要送到台北中山纪念馆的那组蛋糕，怎么少了底层最大的蛋糕？”师傅站在一旁小声地说：“那组蛋糕的底层指定要六十寸，但烤炉根本没那么大……”阿锥暗喊不妙，仔细再仔细、小心再小心，终究百密一疏，这下如何是好？时间已经不够了，而且厨房门的大小只有四十寸，就算烤得出来也搬不出去……

闹哄哄的厨房瞬间凝结，师傅和员工全盯着他，一片鸦雀无声。

他望着塞满蛋糕的冰箱，脑子却挤不出一丝办法。沉默好一会，突然眼角瞥见墙角堆积如山的层架，他灵机一动："对了！蛋糕可以叠成九层，当然也可以拼成六十寸。"他在纸上画出图形，告诉师傅将六十寸蛋糕分成四份制作，届时再进行拼装，师傅一听全都拍手叫好，厨房立刻恢复生气和忙碌。

10月30日下午三点多，所有的蛋糕分装进十部货车，每部车都有二至三名明星的员工跟随前往各会场进行组装。载往台北中山纪念馆的一部，是最后一部，也是数量最多的一部，车里坐了阿锥和一位最资深的员工。两人抵达会场，先将底层拼妥，再于层架上一一放上蛋糕，最后的工作是花样装饰，阿锥拿起奶油仔细勾画，赢得一旁观看的安检人员频频点头赞叹。

忙完，回到明星，已是凌晨三点多了。摊平纸箱，就地而睡，他和所有的员工早已累得完全无法动弹。

明星帮蒋介石制作生日蛋糕长达二十多年。早在俄国人经营的时代，蒋经国就会到店里买蛋糕回官邸为父亲庆祝。之后，当局主管机关也习惯订明星的蛋糕，从单层蛋糕到后来的多层，我始终记得蒋介石最喜欢的口味就是水果蛋糕。

1974年明星第一次为他制作九层蛋糕，却也是最后一次。六十寸为基底的九层蛋糕在当时前所未见，因为早年明星的冰箱是拉立果夫从上海运来，最多只能装十寸的蛋糕，也只接受十寸以下的蛋糕订制。1958年这台冰箱坏掉，我和太太为了业务需求咬牙从日本进口一台二十五万元的商业用冰箱，在当时可谓天价。

1975年4月5日，蒋介石过世，安放遗体的地方同样选在台北中山纪念馆。供人瞻仰期间，明星负责所有工作人员的点心，每天店内师傅和员工几乎只睡一两个小时，才能应付一天两千多盒西点面包的需求量。头一天，我送点心来到台北中山纪念馆，看着前来瞻仰的人潮围了纪念馆一圈又一圈，不禁感叹，明星在半年内两度为蒋介石制作西点，却是庆生、吊唁两样情。

多层蛋糕的制作，灵感则来自于古早的陀螺。吴火狮向我提出制作多层蛋糕构想时，我虽满口答应却陷入苦思。直到有天，站在骑楼下望着对面的城隍庙，顿时想起小时常在庙口看人“钉陀螺”，曾看过民俗技艺人士在大陀螺上打上中陀螺，中陀螺上又打上小陀螺，层层叠叠的陀螺互相带动旋转，既好看又让人惊奇。我便想，也许蛋糕也可像陀螺一样，利用大小尺寸互叠，于是我找了木具行画出图形，请木匠照着制作。现今的多层蛋糕多半采用亚克力材质制成，但当时明星的蛋糕层架都采用木制。

由于开店年代早，明星必须面对许多前所未有的挑战，也必须走在无人走过的道路，无路可走时，常要自己造桥铺路。一路走来，挥汗辛苦难免，但见识的风景也更加丰富。

晴天固然好，可是阴雨放晴的那一刻，才能看见彩虹。

咖啡店里的婚礼

一个平凡无奇的下午，明星三楼弥漫着一股说不上来的特殊气氛。几个客人兴奋地交头接耳，一见有人靠近又立刻收起笑容，似乎悄悄酝酿着事情，却又不想让人知道。

服务生很好奇，这些人要做什么？

聚会进行了一会儿，一对穿着正式的男女站起身来一一向客人敬酒，几位客人举杯高喊："白头偕老！""百年好合！"服务生愣了一下，这是在举行婚宴吗？"请问，你们是在进行婚宴吗？"新人有点不好意思，轻轻点了点头。"怎么不到饭店或餐厅呢？"新娘没有作答，气氛瞬间变得尴尬，一位客人悄声告诉服务生："请不要再问了，因为这不是女方第一次的婚姻，所以只招待几个朋友……"

服务生回到柜台，遇见阿锥："老板，三楼好像有人在举行婚宴呢！"阿锥也好奇："怎么在这儿办婚宴呢？"服务生又说："好像因为是女方第二次结婚，所以只招待几个朋友。"阿锥的妻子碧霞在旁听了直说："太好了，这么开心的事，应该给予祝福，送个蛋糕上去吧！"阿锥也附和："对！赶紧送个蛋糕上去！"

服务生重新回到三楼："对不起！我们老板和老板娘说……"话未说完，新娘脸上已堆满紧张："是不是不让我们在这招待客人，抱歉！我们很快就会结束的。"身旁的新郎也着急了："我们不会打扰其他客人的。"服务生摇摇头，将蛋糕端上桌，微笑道："不是的，老板和老板娘非常欢迎你们在这儿聚会，蛋糕是一点心意，祝福你们白头偕老。"新娘闻言，含着眼泪，哽咽地连连说道谢!

时光飞逝，阿锥早已淡忘此事，直到有天女儿静惠告诉他："爸！今天我遇见明星二十年前的一个蛋糕盒。"

原来，世界真的很小，静惠在一次画展会议上遇见二十年前的那个新娘——刘秀美。如今新娘已是五六十岁的妇人，目前正从事美术推广，听闻静惠是阿锥的女儿，顿时难掩激动："当年那个蛋糕，我至今还保留着盒子呢！"她说，在那次婚姻之前，她曾经有过一段不愉快的婚姻。但是在那个年代离过婚的女人常被人指指点点，身上有如多了一道见不得人的烙印，再度找到第二春时，根本不敢奢望得到众人的祝福，只能找几个知心朋友到明星聚会，以最简单的方式进行婚礼。

"没想到你的父母不仅没有对我投以异样眼光，反而送上蛋糕和祝福。"教授说，二十年来，那个蛋糕盒子不知给了自己多少力量，不仅陪着自己勇敢迎向新生活，也让她更加努力经营婚姻人生的第二春。

听完女儿的转述，阿锥很欣慰："很好！这样子很好！"吃了一口自家的蛋糕，他知道里头传递的不只是美味，还有祝福。

1968年3月的《China Post》曾经大幅介绍台湾引进的几项西方习俗，版面上的主照是几个小女孩围着生日蛋糕，图说的内容大约是，中国人的社会中，女孩的地位较低，通常不会有庆生的机会，见到西方庆生用的蛋糕全都露出新奇的神情。照片里，女孩们看着的那个蛋糕，就是出自明星。

确实，早年明星门口常有孩子因看到蛋糕而眼睛发亮，之后就站着不想走了。那时，蛋糕还算稀奇，价格对一般家庭而言也是不小的负担，因此橱窗前不时上演孩子哭闹要吃蛋糕，父母却为之气结的画面。遇到这种情形，我和太太常会拿一块小蛋糕请小客人尝一尝，因为我们都认为蛋糕是种幸福的食物，能够分享更是一种幸福。

蛋糕往往出现在喜庆或重要日子，前来购买的客人总洋溢着幸福，或希望将幸福传递给受赠者。还记得有一次，有人订生日蛋糕要送给“公论报”①社长李万居，恰巧员工都出门去送蛋糕了，我只好亲自跑了一趟。

一进到李社长办公室，里头已经堆满三十多个蛋糕，而且全是明星的蛋糕。社长抬头看了我一眼：“怎么还有蛋糕？”并问我是哪里来的。我告诉他“是明星”，他的反应竟是：“好吧！明星的蛋糕就留下吧！”走出来，社长室的职员也不知是要说给我听，还是说给自己听：“一整天已经送来几十个蛋糕了，其他的都立即转送，只有明星的蛋糕才留下来。”我走出报社，觉得太有意思了，原来这么多人借由明星的蛋糕献上祝福给李社长，原来明星的员工统统出动，就是到这儿来送蛋糕了。

这些年，相较于时下越来越花俏的蛋糕，明星的蛋糕显得“古板”，但我依旧喜欢用老方法，做出有感情、实在的西点或蛋糕，因为那里头有明星的故事，也有明星的心意。

尽管明星西点种类因为销售考量而有些调整，但有些具有特殊意义的西点是绝对不会遗忘的。尤其是过去复活节、圣诞节，俄国人一定会制作的应景西点——STROLEN和复活节蛋糕，就像台湾人冬至吃汤圆、端午节吃粽子一样，虽然俄国岁月已然消逝，台湾知道这些面包背后意涵的人也少之又少，但每年到了复活节、圣诞节，明星还是会重制复活节蛋糕和strolen。

传统面包能不能热卖在于其次，但明星西点是怎么从无到有，那些岁月、那些起起落落，是我始终不能够忘记的。我总是希望，明星的蛋糕和面包，不仅有好滋味，背后也有好故事，享用这些西点的人，可以品尝到我们的心意，也可以咀嚼出我们要送出去的祝福，从味蕾到心灵，都一样熨贴和满足。

---

①《公论报》创立于1947年10月25日，由时任台湾新生报董事长的李万居创立；是台湾首家收录《美联社》、《合众社》消息的民间报刊，曾因为言论无所顾忌而惹恼政府当局，遭到监控和广告封杀，1961年被并入《联合报系》，为《经济日报》前身。

CONFECTIONA

我心想，这么有毅力又聪明的女孩不娶，娶谁？交往一段时间后，她成了我的家后，俄罗斯话说得比我好，做起生意也比我灵活。

—

试验的三种蛋糕全部成功，从未见过蛋糕的学徒纷纷对阿锥投以崇拜的眼神：“老板！你真厉害！”他却感觉睡意像一只只蚂蚁从脚底爬上全身……

明星帮蒋介石制作生日蛋糕长达二十多年，我始终记得蒋介石最喜欢的口味就是水果蛋糕。

—

服务生将蛋糕端上桌，微笑道：“欢迎你们在这儿聚会，蛋糕是一点心意，祝福你们白头偕老。”新娘闻言，含着眼泪，哽咽地连连说道谢！

—

教授说，二十年来，那个蛋糕盒子不知给了自己多少力量，不仅陪着自己勇敢迎向新生活，也让她更加努力经营婚姻人生的第二春。

2009/1/27

为了重聚的暂别

明星，还会升起吗?

一别，十五年

归队吧，老家伙们

当明星遇见明星

明星，还会升起吗?

阿锥也没想到，明星会走到些歇业的这一天。

深夜，送走徘徊不舍的作家和客人，熄灭最后一盏灯，拉下铁门，阖上四十年的悲欢离合，阿锥感觉心像被一根针刺过那样难受。他走下楼，燃起一根烟，慢慢、慢慢地吐，每一口都想把心中的痛给吐进云雾里。

很多人听到明星要歇业，都急了。作家叹气，说是艺文界造的孽，长期占据却少消费，让明星血本无归；外国友人不舍，说是往后很难再找到如明星这样自在的地方，台北的味道从此淡了许多；媒体界惋惜，说是少了明星这个艺文地标，往后文学创作者将失去一个可以提笔为文的园地。

阿锥何尝不知道，明星不只是他和白俄人的明星，更有着许多人的青春年少。但是眼前的局势确实是难以维持了，毕竟，这些年，环境真的已经不同了。

台北市的大饭店一间间开，人们要喝咖啡、吃西点，多的是选择。明星的生意越来越走下坡，付不起员工如大饭店般的薪水，二、三楼咖啡厅的七八个员工纷纷被挖角跳槽，最后只剩下三个。

然而，这些都不如股票族的拥入让人头痛。自从炒股风气兴盛之后，许多人连工作都辞了，每天一早就到明星聚集，或看报、或互相打探明牌，原本轻雅闲淡的空间成了人声鼎沸的市场。股市收红，欢天喜地大声叫好；股市抹绿，哭天抢地捶胸顿足。几次，作家带着纸笔而来，却在吵嘈的喧闹声中皱眉离去。阿锥看在眼里，心里明白明星的咖啡已经逐渐走味。

股票族的戏码越演越烈。一天下午，阿锥刚踏进明星，领班便神色慌张地告诉他："老板，刚才好惊险呢！有人闹自杀，差点从三楼跳下去。"自杀？这还得了，他紧张地追问："后来呢？""还好被店里的人和其他的客人拉下来。"原来闹自杀的是一名妇人，因为看好股市飙涨，将丈夫的退休金全部投入股票，不料却赔得一塌糊涂，情绪激动之下竟爬上窗橼闹自杀。

隔了几天，领班又脸色凝重地说："越来越多人不付账，还有……"许多股票族看完盘，发现赔钱便不付账走人，这状况他是知道的，但还有其他的问题吗？服务生吞吞吐吐，半天才说："有人在店里推销空头支票，听说一张卖五百块台币，还有……"还有？还有更糟的吗？服务生不安地点头："有人要我们给保护费……"

屋漏偏逢连夜雨。近几年税务局一口咬定明星收入丰厚，年年要明星缴交高额的税赋，阿锥长期为了无法负担的税金而伤神，现在竟连帮派也来了。叹了口气，他想不出任何一句话来回应。

很长一段时间，他独自看着闹哄哄的咖啡厅陷入沉思。他望着艾斯尼的老位子，却看到几个股票族将双腿跷上桌子；他望着周梦蝶的老位子，却看到几个不上班的年轻人半趴在桌上打盹；他爬上三楼，望着《文学季刊》使用过的大房间，房内坐满脱鞋跷脚的客人，猜“明牌”的股票书刊、报纸散满整地。这是明星吗？是当年俄罗斯风味浓厚的ASTORIA？是文人雅士聚集的明星吗？

不舍、不甘，但他不得不做出歇业的决定。他宁可让人们将明星留在美好的回忆里，也不愿煮出一杯杯走味的咖啡。

消息传开，许多人都来劝，周梦蝶、黄春明、白先勇都要他再三思。政大校长欧阳勋也请一位担任记者工作的学生前来苦劝，那名记者连着来了三天，传达欧阳勋和新闻界希望留住明星的意思。但是，阿锥一项一项说明经营的困境，对方似也提不出解决方法，只能无奈离去。

1989年12月11日，明星的最后一盏灯熄灭了，一位陪到最后的员工也哽咽了："老板，还是别关吧！继续做吧！我愿意暂时不领薪水，我对这里有感情啊！"

阿锥拍拍他的肩膀："很晚了！回去吧！我来关门。"

拉下铁门，哗啦哗啦声响，他亲手捻熄一颗闪烁四十年的明星。

20世纪80年代，台湾人民所得大幅成长，出现所谓“台湾钱、淹脚目”，甚至“台湾钱、淹头壳”的比喻。人们生活变得富足，消费习惯大幅改变，各式各样的金钱游戏弥漫在大街小巷，六合彩、大家乐、股票买卖等深入民间，与过去朴实节俭的社会风气截然不同。

过去人们一定要等到特殊日子才舍得花钱买蛋糕，但金钱游戏拉开序幕后，出手普遍变得阔绰。1987年，明星拥入大批的股票族，同时股市也进入狂飙时期，指数从九千多点一路狂飙到1989年的一万两千点，许多人抱着股票眉开眼笑。一个熟客有天上门，得意地说：“我前几天过生日，花了四万多元。”怎么一个生日要花四万多元？过去他买面包、蛋糕不都还要精打细算，如今却一脸的理所当然：“现在股票赚钱这么容易，四万元算什么？”

还有不少人放弃原有的工作，投入股票市场，天天坐在咖啡厅互探股票情报。指数上涨时争相请客，就算吃不下也要拼命点餐；指数下跌时，却又连一杯咖啡的钱都不付就偷偷溜走。不踏实的金钱游戏，带来突兀的消费模式，让我感觉人们正在吹着一个个炫丽的彩色泡沫，迅速扩张时得意非凡，爆破时却黏得满手满脸好不狼狈。

过去作家在明星写作，各自在自己的位子上笔耕，从不互相干扰。虽然他们消费不多，却自重又有骨气，就算稿费少，生活穷苦，也从不积欠一杯咖啡或柠檬水的钱，有时我想要请客，都遭到拒绝。因此就算他们长期在此书写，就算少一点收入，我也甘之如饴。

但社会风气的变迁，硬是将明星拉进金钱游戏的漩涡里，加上我的太太长年笃信佛教，对于明星贩卖牛肉炒饭、鸡腿饭、排骨饭等荤食向来有所顾忌，因此1989年8月，当我提议要收掉武昌街七号二、三楼的咖啡厅和中山北路分店，只保留武昌街一楼的面包西点门市时，太太也投下同意票。

八月，同时也是艾斯尼往生的月份，我特地选在忌日那天上山告诉他："Uncle，ASTORIA要收掉了，往后你别再上二楼了。"

山风呼呼吹，好像在问我："为什么呢？ARCHIE."

"因为，ASTORIA已经不是你认识的ASTORIA了。"我知道他一定会伤心，却又不得不说出无奈的事实。

不是割舍，只是暂时放下；不是因为"不好"就抛弃，而是不忍心，无法接受它没有以前好。

一别，十五年

咖啡厅歇业后，二楼、三楼承租出去，作为素食餐厅“居仁堂”。

餐厅正在重新整修，施工的工人敲敲打打，扬起的木屑、灰尘弥漫整室，但客人还是爬上楼：“今天不卖咖啡吗？”工人回答：“不知道！在整修呢！”工人低头继续敲打，后头却又来了一人：“这里不是明星咖啡吗？今天休息吗？”

“不知道！不知道！去问楼下的面包店！”工人烦透了，这已是今天第十个来问的客人，再这样下去，何时才能收工？一个工人跑下楼来：“你们的客人成天跑来问，我们怎么工作？”阿锥听了，赶紧请员工张贴红纸，上头写着八个大字“改装内部，暂停营业”。

客人纷纷转至一楼的西点面包门市。“明星的二、三楼暂停营业？”门市的员工回答“是”，客人却又不死心：“那什么时候重新开幕呢？”员工面有难色：“这……要问老板。”客人等到阿锥：“老板，二、三楼的咖啡厅什么时候会装修好？”众人盛情难却，他不敢说已经租给素食馆：“大约三个月吧！”

三个月后，居仁堂开始营业。客人上门只闻到素菜味，闻不到咖啡香，怒气冲冲地跑下楼兴师问罪："不是说三个月后，咖啡厅就要重新开幕，怎么变成素食餐馆？"阿锥连声致歉："对不起，我们真的有苦衷，经营得很辛苦，想休息一阵子。"

"会再重开了？"一位客人找到话里的缝隙。他犹豫着，不知如何回答，但是看着客人们热切的眼神，只好顺势点头："也许吧！一年后也许会再开吧！"客人虽不满意，却总算得到可以接受的答案。

一年过去，他早已忘记曾经说过的"也许"，客人却记得一清二楚。"但是素食馆砸了大笔经费装潢，总不能一年就要人家退租吧！"这个理由，虽然客人也觉得有理，但仍希望他给个重新开幕的时间。"三年吧！三年后再看看！"三年当中，天天有客人上门询问，而明星上下也有了统一的答案："三年后看看！"

转眼又三年，一位客人一早就来问："不是要重新开幕吗？"阿锥恰巧入门，见客人火气已经上来，赶紧上前安抚："不要生气，我请你到福华饭店去喝咖啡，听说那里的咖啡还不错。"客人怒气未消："我不必让谁请我去喝咖啡，我就是要喝明星的咖啡，你们不能说话不算话，先说等三个月，后来又等一年，现在已经再等三年，到底还要等多久？"阿锥感觉脸有些发烫。客人离去后，他开始认真思考："是不是该让咖啡厅重新营业？"

三思之后，他决定实现承诺。他与居仁堂协调，开始利用二楼素食馆午休时段重新卖咖啡，但整整一个星期却连一杯都卖不掉。因为客人上楼见到的全是素食馆装潢，只管抱怨不管喝：“哪有人坐在红色大圆桌和圆板凳上喝咖啡，味道根本不对。”阿锥听完也笑出声来，是啊，确实不对味。

往后的日子，仍是三天两头就有人上门追问，员工都习惯了。微笑，成了他们十几年来不变的答案，直到2003年7月4日那场火灾。

明星咖啡厅旧址失火的消息，透过电子媒体转播迅速传开。阿锥尚未赶到现场，关心的电话先响个不停。几个小时内，一百多通电话涌入；几个小时内，几十个人为明星复业请命。火灭了，上楼察看起火点，二楼、三楼后方和四楼的仓库已被熏得漆黑，但是他并不难过，因为一颗心早已被众人的关怀所温暖。

这把火，让更多人想起明星，上门为明星复业请命的人也越来越多。他和太太很好奇究竟人们对明星的怀念有多深？于是试探性地在一楼柜台放了一本联署簿，只要有人开口鼓吹明星咖啡重开，便请对方签名联署。不到几天，联署簿上已密密麻麻填上三百多个名字，有亲友、有邻居、有老顾客，还有一些久未谋面的作家朋友。

“好吧！就让明星重新开业吧！”阿锥正式对外宣布时，店里一阵欢呼。欢呼声中他猛然发觉，客人等了十五年的一句话，竟也是藏在自己内心多年的渴望。

居仁堂失火那天，我恰巧前往淡水一家医院探望朋友。回程的捷运上，员工打来电话，上气不接下气地说："老板，失火了，二楼失火了。"我全身像被雷劈到："怎么会这样？火势大吗？"员工已经吓得有点答非所问："烧到隔壁了，现在已经烧到隔壁了……"

挂上电话，恨不得插上翅膀飞回明星，但捷运却如老牛拉车，慢得让人更加焦急。好不容易回到火车站，一出捷运站便见到南方的天空弥漫着一团黑烟，我的心凉了一截，料想火势肯定不小。快步走回武昌街，远远就看到马路上、城隍庙广场挤满围观的民众和媒体采访车，我奋力从人群中挤进现场，暗暗叫着"去了了啊"①，又暗暗祈祷千万不要有人受伤才好。

千辛万苦终于来到骑楼下，消防队员以为我是凑热闹的民众，挥手示意要我离开现场，我赶紧表明身份："对不起，我是这里的屋主。"消防队员一听才说："现在都扑灭了，应该没事了。"一位站在城隍庙广场观看的客人认出我，立刻上前予以打气："简先生，如果你和家人今天晚上没地方睡，可以先到我家来睡。"我既感激又无奈，只能回答："多谢！我们不住在店里，还有地方可以睡。"

在消防队员陪同下，我和居仁堂负责人一起上楼察看，发现起火点在二楼厨房，研判原因是抽油烟机年久积油，引发排油管闷烧，厨房内刚好又堆有易燃的干货和食材，加上厨房人员恰巧都在午休，才会一发不可收拾。烧毁部分大约是在二楼、三楼和四楼后方，说大不大说小不小。整起事件虽有三名消防队员受伤送医，还好都无大碍，算是不幸中的大幸。

忙着勘查、收拾，也忙着接来自各方的关心电话。几个作家也打电话来问状况，我一一回答：“还好，不太严重。”他们还是不放心地问：“真的还好吗？电视转播的画面上一团一团黑烟直冒，看起来很严重。”我笑了笑：“是啊！透过电视画面，看起来确实很吓人，实际上并没有那么严重。”语末，所有人又不忘留下一句：“别租给素食馆了，重开明星吧！”

当太太发起联署，本以为自己会不为所动，毕竟如今要买杯咖啡何其容易，吹冷气何其平常，何需再有明星锦上添花？但翻着写满名字的联署书，我还是被感动了，甚至比任何人都更加思念明星的一砖一瓦、一桌一椅。

就让明星的故事继续下去吧！

1949年，我陪着六个白俄人创立明星；2003年因为一场火灾决定让明星重生，背后还多了一群老朋友、老顾客的情义相挺。

—

①全都毁了。

归队吧，老家伙们

一颗曾经耀眼的明星，就要重新点燃。

决定复业之后，阿锥就没闲过。他一张张翻着旧时的照片，一个角落一个角落慢慢布置。昏黄的老吊灯、桌边灯并不难寻，木质地板的翻修也不是难事，但是在一片时尚、流线的造型铁窗当中，却遍寻不到四十年前那种简单、朴实的老铁窗。

他请老师傅照着当年的样式打造，师傅一看立刻叫苦："现在没人做这种手工玩意了，你不要开玩笑了。"阿锥再三拜托："没法度，我这间店卡老，需要老铁窗来配。"师傅又摇头："不行，不行。"阿锥不死心："那我加些工钱，你辛苦一点，拜托了。"师傅还是不点头："也不是我不帮忙，实在是这款手路很少人会了，我没把握……"阿锥不由分说："唉呀！你的手路我了解，绝对没问题了！"

说服了铁窗师傅，接下来找木工制作窗户。老式木条窗户一直是明星的特色，也是屋内屋外光芒的交会处，绝对马虎不得。木工看了他提供的照片，和铁窗师傅一样摇摇头："制作老木窗不难，难的是找不到过去那种螺丝栓。"是吗？但若不用老木窗，明星的味道就全不对了，木工看着他："如果你找得到螺丝栓，我就帮你做。"他毫不犹豫："请你先做，我一定会找到。"

木工开始施工，阿锥也开始四处寻找记忆中长得像钥匙、却又必须对准锁孔才能上锁的螺丝栓。他来到三峡老街，从街头找到街尾，所有古早器材行的老板都要他别白费力气："现在已经没人用这种老东西，早就不生产了。"次日，他又来到莺歌，得到的答案依旧是"没有"；眼见着木工进度已经超过一半，自己却毫无进展，他一时烦闷坐着捷运来到淡水，随性走在老街，随性逛着几家古早器具店，突然间，他发现一家不起眼的五金行，老玻璃柜内一件件老五金吸引着他，他走进一看，找寻已久的螺丝栓赫然其中。

解决铁窗和木窗的问题，剩下就是前往埔里运回那些老桌和老椅。明星歇业时，因为不舍丢弃这些陪伴走过四十多年的老家具，阿锥和太太将它们运到埔里一处禅寺置放。经过了十五年，经过了九·二一地震，禅寺附近的建筑都倒了，这些老桌椅却奇迹似地躲过一劫。阿锥常想，也许它们也一直在等着重新归队吧!

摆上当年俄罗斯人留下的器具，一切安置妥当，明星的明日之星也就位。

让阿锥毅然复业的另个重要原因，是远在美国的女儿静惠全力支持，并带着外孙柏毅回台湾接手明星的经营管理。现在，他一点一滴重建明星；未来，明星的故事与文化将在下一代的手中重新绽放光亮。阿锥、静惠、柏毅三人一起在二楼挂上白俄人帕索斯基的画，纪念明星走过的俄罗斯岁月；三人又一起在三楼挂上柏毅的画作，象征明星文化使命的传承与新生。

2004年5月5日，一家三代共同点燃第一盏明灯，明星揭幕试卖。一大早就有老顾客等在楼下买了面包、果酱，再上三楼喝咖啡。下午周梦蝶也来了，几个作家也陆续出席。2004年7月4日，明星正式重新开幕，台北“市长”来了、文化人来了，周梦蝶、黄春明、林怀民、陈若曦、楚戈、隐地、康乔、爱亚、季季和龙应台等艺文界的老朋友也都来，当年在明星结婚的刘秀美也带着那只保留二十年的盒子来了……

明星新亮，映照每一张熟悉的脸。

阿锥知道，有些故事，一直没有被遗忘；有一些人，始终没有离开。

谁说明星已经老了？谁说老去的，就不能恢复青春？明星的青春，就定格在许多人的记忆和喜爱里。

明星重新拉开序幕了，带着满满的感谢和感动。

十八岁那年，我遇见一个来买手杖的外国人，和六个白俄人一起创立明星，开启奇妙的人生旅程；二十五岁那年，和太太在明星相遇相恋，建立家庭；三十岁那年，独自撑起没有面包师傅的西点面包店，靠着越洋连线让明星的面包西点获得重生；四十二岁那年，送走挚友艾斯尼；五十八岁那年，带着辛酸和无奈结束明星；七十三岁那年，重为明星挂上一盏盏新灯。

整修后的明星，尽量维持原貌，但为了动线，楼梯方位不得不做些许变更。没想到老客人的记忆超强，开幕之初，与其说是我在重整明星，不如说是客人在提醒我旧日的明星模样。“以前楼梯不是在这儿吗？”“以前这儿不是有个老屏风吗？”“没错，以前就是这种大理石桌和火车座椅。”“我念北一女时，就是和同学坐在那个位置偷偷看作家黄春明。”

原来，明星的某些角落，对老客人而言，具有特殊意义。一桌一椅，一个转角，一个梯级，只要曾经留下客人们的记忆，就有生命的脉搏弹跳，现在，又到了它们老骥伏枥的时候了。

忘了是哪位作家，曾在报章上发表过一则发生在明星的真人真事。早年明星接通一、二楼的是木造楼梯，众人对于走楼梯时发出的喀啦声响倒也习以为常，但有一位三十出头岁的年轻人走楼梯时，总格外引人注目。

他总是一个人来。但众人纳闷的是，他爬楼梯的方式是“走三步，踢一下，退一步”，几十阶的楼梯，却踌躇几十分钟才能走完。如此怪异行径，天天上演，有时甚至一日数回。

好奇的作家忍不住问，他才透露，他是南京人，1949年搭乘最后一班班机离开南京时，走了几步回头望见妻子流着泪向他用力挥手，他不自主往后退了一步，犹豫着是不是回到妻子身边，但才几秒，便被人潮冲上飞机。那之后，两岸却断了音讯，他再联络不上妻子。思念的痛，找不到出口，于是他每日到明星，走在木楼梯上反覆踌躇，就好似当日他要登机离开故乡的脚步。

故事刊登后，我又见过这人几回，尔后没再听过消息。

但是明星还在，等待他再来。

当明星遇见明星

不知是不是因为同名，除了作家之外，也有不少影视“明星”出入明星。

重新开幕之后，二楼入口处摆的不只有黄春明、余光中等作家返店回味旧日时光的照片，还有许多台湾演艺圈的影星和名人访店留影。其中，包括带着女儿来用餐的小S和赖声川、桂纶镁、吴念真、五月天、于美人、阿KEN、蔡依林等等。

在店里租用场拍戏的更多了。演员陈怡蓉、黄腾浩、杨一展、赖雅妍主演的电视剧《光阴的故事》、演员蓝正龙、安心亚主演的电视剧《妹妹》、梁修身导演执导的偶像剧《比赛开始》、大爱电视台推出的真实人生电视剧《指尖的温暖》、演员林韦君演出的温馨戏剧《春风伴我行》等等，都是利用早晨六七点或夜间打烊后，在店内取景拍摄。

年轻的艺人，他其实也不认得几个，就是漂漂亮亮的孩子们。店里的年轻服务生总是教他：“老板，那个是蓝正龙，你不知道他是谁？他以前和大S谈过恋爱啊！”“老板，那个女生叫做安心亚啦，之前被封为宅男女神，多少男生迷她。”“唉呀，你怎么会不知道五月天？他们多红啊，连外国人也知道他们。”

阿锥总是嘿嘿嘿地笑：“我都可以当他们的爷爷了，而且哪记得了那么多人？”

但从艺文界跨足影视圈的导演吴念真，他倒是记得。八十年代中期，阿锥留意到这位三十岁左右、瘦瘦小小的年轻人身旁，总是有人等着和他一起讨论事情。经其他作家告知，阿锥才知道这个年轻人不只写小说，也写剧本，曾将黄春明的《儿子的大玩偶》改成电影，更在三十岁左右就拿下金马奖等殊荣。但阿锥感觉到他没有成名后的气焰，穿着和说话的样子依旧和你我的左邻右舍般平常。

有一回，店经理转述吴念真接受媒体访问时表示：“刚到明星写作时很穷，我都是在店里叫一杯咖啡，再到楼下去吃排骨大王。”

阿锥笑了起来：“难怪隔壁排骨大王转手给别人做其他生意前，生意兴隆了四十多年，原来明星的客人中途都跑那儿去了。”

早在六七十年代，二楼咖啡厅就常被借作电视剧或电影场景，当时当红的林凤娇、陈秋霞等影星都到店里拍过戏。钟镇涛和沈雁主演的爱情喜剧片《俏如彩蝶飞飞飞》中，钟镇涛学习日文的咖啡厅就是明星，取景范围也最广，从明星外观、一楼面包店、二楼咖啡厅都有。

通常，我不过问场地租用事宜，剧组多半与二楼咖啡厅经理联络。经理也多半会挪用上午十点之前或晚间九点之后的非营业时间，让剧组进驻，同时要求服务员不要声张，一来避免影响客人，二来也希望让影星们不受干扰。

尽管如此，客人和附近邻居还是常来一睹大明星的庐山真面目，有时就连在城隍庙拜拜的香客，也会好奇加入围观。是谁漏的口风？其实不是人，而是发电机。

由于电影剧组阵仗相当庞大，需运作灯光、摄影机等器材，用电量极大，因此都会在一楼拉起发电机。几次之后，客人只要看到明星一楼走廊又拉起发电机，就知道

二、三楼有影星正在拍片。后来，为了方便，明星多设一个电表，就是为提供剧组使用。

很多客人也问我，那些大明星私底下怎么样？我总是摇头："我知道的比你们还少哩。"

因为我有过一个小经历。有一回，一个低音歌星到店里拍片或拍MV。夜晚，我收拾完一楼的配料工作，想说上楼看看有无需要帮忙，结果上到三楼，该位歌星可能以为我是"来看戏"的客人，嫌恶地瞪了我一眼，吓得我赶紧下楼，不敢久待，往后更不习惯与影星们打交道。

那些年，这位歌星靠着低沉浑厚的嗓音红遍华人地区，我也相当喜欢她的独特唱腔。但有趣的是，只要我在电视上看到她，就会提醒自己要留意与人的互动方式，因为你永远不会知道，穿着夹克的路人甲，会不会刚好就是借你场地的老板。

明星西點麵包廠

他宁可让人们将明星留在美好的回忆里，也不愿煮出一杯杯走味的咖啡。

明星新亮，映照每一张熟悉的脸。

阿锥知道，有些故事，一直没有被遗忘；有一些人，始终没有离开。

CONFECTIONAR

DREAM

不知是不是因为同名，除了作家之外，也有不少影视“明星”出入明星。其中，包括带着女儿来用餐的小S和赖声川、桂纶镁、吴念真、五月天、于美人、阿KEN、蔡依林等。

2009/1/22

盞 燈 再
明星咖啡館 開

一直以来，明星咖啡都透着俄罗斯的异国风情和文学沙龙的气息，现在，因为女儿和柏毅又多了一股艺术的生命力。

—

自闭与天才，一线之隔。柏毅进入加州州立大学的美术天才班研习，女儿和女婿发现他对有感触的画面过目不忘，拿起画笔就能让人物、情景重新在画布上栩栩如生。

重新开张的明星，经营者从年过七旬的阿锥换成他的女儿简静惠。事实上，帮忙经营的还有沉默的另一位，阿锥的孙子，李柏毅。

ANY
TIME

ANY
TIME

ANY
TIME

爱在当下

爸爸，医生说他是自闭儿

你好，我是柏毅

多少祈祷在心中

There is no tomorrow

爸，医生说他是自闭儿

重新开张的明星，经营者从年过七旬的阿锥换成他的女儿简静惠。事实上，帮忙经营的还有沉默的另一位，阿锥的孙子，李柏毅。

1989年6月，静惠在美国洛杉矶生下次子柏毅，阿锥特地前往探视，但之后为了处理歇业事务，已有半年不曾见面。见到女儿一家人，阿锥和太太开心极了，尤其是六七个月大的小柏毅白胖可爱，体重已经有七磅六，十分讨人喜爱。

但是柏毅的特质似乎不同于一般婴儿。他总是不哭也不闹，视线紧盯着衣服的钮扣或标签，维持同一个姿势许久许久，一动也不动。其他亲友都觉得奇怪："这孩子是不是乖得太离谱了？"静惠身上有父亲的豁达，对于旁人的意见并不以为意。一家子开心度完假，又回美国。

后来，静惠拨来越洋电话，声音带着哽咽："爸，柏毅生病了……"

阿锥才知道，小外孙罹患上吐下泻的怪病，加上严重的过敏体质，每晚都因全身发痒而无法入睡，女儿必须过着日夜颠倒的生活，以防孩子半夜呕吐发生危险。为了让小外孙重拾健康，女儿四处寻求名医和疗法；为了照顾小外孙，女儿辞去了知名贸易公司经理级的职务。

"你要好好加油！"他相信女儿一定可以扮演好一个母亲的角色。

“我知道。”女儿继续说，“但是，爸，医生还说，柏毅有自闭症，以后不可能讲话，不可能站立，也不可能与人沟通，这样的孩子平均寿命只有十七岁……”电话那头传来嚎啕哭声，阿锥知道女儿压抑许久，但他仍坚信自己的观察：“不会的，柏毅是个聪明的孩子，我知道他是个聪明的孩子。”

阿锥决定飞一趟美国。坐在飞机上，他坚定地告诉自己：“孩子只是生个小病，没事的。”但抵达后却发现女儿和女婿所面临的考验比想象中严峻。两岁的柏毅不会走路，只会用尖叫哭喊的方式表达，尤其碰到水就会失控狂叫。每一天早上，女儿带着柏毅四处接受治疗，从语言治疗、系统平衡、耳鼻喉科、过敏科，一直到中医针灸，满满的资料和电话填满行程表。回到家，女儿仍不放弃，抱着孩子泡在浴盆中，尽管孩子大哭大闹，她始终用轻柔的声音说：“妈妈在这儿，不要怕，不要怕。”

每隔一段时日，阿锥和太太会前往探视一次，好让女儿感觉自己并不孤单。渐渐地，他注意到小柏毅虽然不说话，却常拿着画笔四处画着。女儿在家中开放墙壁让他作画，每一个过敏发作无法入睡的夜晚，柏毅总是拿起奇异笔在墙上尽情涂鸦。从不羁的线条、艳丽的色彩中，阿锥感觉到，这个小外孙似乎要透过绘画传达什么。

柏毅五岁时，走路还是跌跌撞撞。有天清晨，女儿载着他和柏毅开了三个小时的车，抵达一个特殊训练马场。女儿解释自己搜寻资料后，发现骑马也许对柏毅建立平衡感有帮助，所以固定带柏毅前来训练。她告诉父亲：“我一定要让他快乐的成长，让他站起来。”

隔天，女儿又开着车子载爷孙俩到游泳池。女儿陪着柏毅更衣下水，碰到水的刹那，孩子再度失控尖叫。阿锥坐在池畔，感到四面八方射来异样的眼光，但女儿不为所动，全心全意守护着怀中的孩子。他见到平常重视仪容的女儿头上绑着一条毛巾，双手紧紧抱着孩子，当孩子因为溅湿脸颊而失控，女儿取下头上的毛巾，一边帮他擦干一边说："别怕！再来，你可以做到的。"然后继续抱着尖叫的孩子一次又一次练习浸水、吐气。

阿锥注意到，哪怕孩子只是在水里多待一秒，女儿眼中都会露出无比的欣慰。他抹着不小心被池水溅湿的眼角："我的小女儿真的长大了，她已经长成一个坚强又勇敢的母亲了。"

日子重复着，训练重复着，柏毅总算有一点点的进步，渐渐不怕水。马鞍上的训练，也让他渐渐走路不再跌跌撞撞。柏毅八岁那年的某一天，女儿再拨电话回台湾："爸，柏毅被鉴定为天才！"欣喜透过电话线从太平洋彼端传回，阿锥感觉环绕在女儿身旁的冰雪逐渐融化了。电话中，女儿兴奋地叙述柏毅经过一系列的试炼，专家鉴定后认为他是不可多得的天才，女儿说："专家还预言他未来极可能成为大师级人物，要我们千万别找美术老师来教他，让他爱怎么画就怎么画。"

自闭与天才，一线之隔。柏毅进入加州州立大学的美术天才班研习，女儿和女婿发现他对有感触的画面过目不忘，拿起画笔就能让人物、情景重新在画布上栩栩如生。为了让他有更多灵感，女婿经常利用空闲带着全家出游，每次的旅行都让柏毅的画作更加丰富，作品的评价也越来越高。

2004年，国际知名艺术公司邀请他开办个展，他的作品除了被几家大公司收藏，同时也被美国自闭症协会印制为卡片，在美国销售超过一万套。事实上，柏毅的作品在这之前早已获奖无数，同时也多次获邀参展，在1999年11月，更被《洛杉矶时报》（L.A. Times）选为杰出孩童（Remarkable kids），凭着优异的艺术天分和其他十位正常的孩子同获殊荣。

另一方面，怕水的障碍也克服了。以前的柏毅不敢碰水，而今的柏毅进到水中悠游自在，好几公里来回游啊游，就像一条鱼。不只当初认为他绝对不可能学会游泳的教练重重跌破眼镜，2006年他更获得特殊游泳竞赛的金牌和银牌。

女儿在一篇分享上如此写道："当我遭逢逆境的打击，心灵跌入忧郁的谷底时，看到柏毅满脸雀跃，专注地在纸板上尽情挥洒，为一张张的空白赋予彩色的生命，我的心也再度得到激励与安慰；我深深地领受到，上帝的爱，藉着柏毅的画，在我人生旅程中的阴霾时刻，抹上一道道缤纷的彩虹。"

阿锥微笑点头："我不是早说过，他是个聪明的孩子。"

自闭的孩子，真的傻吗？也许在他们眼中，一般人更傻吧！也许他们会觉得为何你们不能知足，不能纯粹，要揽上那么多纷扰？

记得柏毅一岁多回到台湾，我和女儿、女婿带他和柏雄（静慧的大儿子，柏毅的哥哥）到木栅动物园。他只要听到爸爸妈妈说“来去”，便会立刻转头跟上。在我看来，这孩子聪明得很，一岁就很会察言观色，哪儿傻呢？

三岁时他又回到台湾，那次的家庭聚餐，我看他从头到尾乖乖坐着，妈妈给一枝笔，他就能用餐巾纸画出餐桌上的每一个人，且个个惟妙惟肖，因而更确信他有过人的天赋。只可惜，有些长辈听他被诊断为自闭之后不能接受，常用嫌弃的口气骂他：“哑巴！”根本无心去体会他表达想法的方式。

传统的眼光确实带给女儿极大的压力。女儿的眼泪，不管是流下来，或是往肚里吞，我全看在眼里。她要面对的不只是孩子的状况，还有世俗的嘲讽。那时，她带柏毅学游泳，教练看到柏毅怕水失控的模样，立刻大声拒绝：“You don’t even think about it.”。但女儿不妥协，尽管别人放弃她的孩子，她也不愿放弃，于是带着孩子从泡水、浸水开始，一点点学习，一点点进步，到最后柏毅只要进到水中就能来回游个不停。那当中，有一个母亲的勇敢，还有一个自闭儿的执着：一旦遇上了，就不能只是坐着哭泣；一旦学会了，就能全心全意做到最好。

女儿自幼长得可爱，深受俄国友人和蒋方良的疼爱，前来明星的作家也都叫她为“小公主”，一路上，不论是求学还是工作都算杰出，表现也让我和太太相当放心。但柏毅出生后，她遇上艰涩的人生变奏曲，我在一旁看着，却只能适时的陪伴，不能全然取代。毕竟儿孙自有儿孙福，她必须学习面对自己的人生课题，当然，我也相信她绝对有能力面对，并带领柏毅将不为人知的聪明才智展现出来。

果然，她做到了，她和女婿的辛苦没有白费。在我身体还适合长途飞行的那些年，柏毅每一次的大小画展，不管是在美国、加拿大、法国还是台湾，我永远都是最忠实且不缺席的观众，这是我给他的鼓励，也是给女儿女婿的支持。即使到了现在，仍有误解自闭症的人，会看着柏毅问：“他会不会传染？”但女儿已经都能坚强面对，并严正地反驳：“在你弄清楚自闭症、体会自闭症家属的心情之前，请不要问我这个问题。”

可不是，一个自闭的孩子，十三岁就有能力办画展、卖画赚钱，你看他傻，他还看你傻呢！

你好，我是柏毅

一位老客人走上重新布置过的明星三楼，发现过去欧式典雅的空间里又摆上色彩鲜艳、笔触大胆的画作。他大声喊着同伴："快上楼来看墙上这些画，色彩太大胆，太丰富了。"同伴也爬上楼仔细端详："真的，虽然只是简单的长颈鹿、麋鹿、牛仔等元素，线条也很简单，但鲜艳的色块却让每一幅画都很抢眼。"

二人还未找位子坐下，又停在一幅黄红蓝为主色调的风景画前，惊呼："到底是谁画的，怎么有毕加索的风格?"

另一桌正在喝咖啡的老客人也忍不住加入对话："听说画这些画的人是明星的第三代，是个自闭症孩子。"

同一时间，画的创作者，柏毅，正在明星一楼柜台旁折蛋糕盒。这天，他依然在和老员工金生叔公"比赛"谁比较快。六十多岁的金生叔公从军中退伍就来到明星工作，折过的面包盒子恐怕要比柏毅吃过的盐巴还多，结果却拼不过这个刚回到台湾的孩子。

一旁的阿锥笑了："你们那么在乎比赛的输赢，但柏毅根本不在乎，他就是单纯的折折折。"

2013年10月13日，"第五十一届十大杰出青年"颁奖典礼那天，也是一样。一早，柏毅的妈妈静惠忙着先出门整理头发，急急返家后试了几件洋装，最后挑中最喜气的大红色短洋；柏毅的爸爸李永硕也张罗着出平常少穿的正式西装，再和太太讨论着要帮柏毅准备哪一套西装。

柏毅呢？他一如往常地刷牙，没有加快速度，还是一颗一颗慢慢刷。总算刷完牙、上完厕所，他又一如往常地吃早餐，接着拿起画笔在纸上画画。父母要出门了，柏毅很快起身，换好衣服走到门口等待，如同平常的每一天。

三人转车来到彰化员林演艺厅的“第五十一届十大杰出青年”颁奖会场，立刻被热闹气氛包围。镁光灯此起彼落，曾经拿下奥运银牌和亚运金牌的举重选手许淑净、研发透明导电镀膜的张加强、台湾百大名厨温国治、超马选手陈彦博、医药大学基础医学研究所所长汤智昕、“台湾新移民发展与交流”林丽蝉、作家林蔚昀、“台北地方法院检察署”检察官苏振文、“海岸巡防署海洋巡防总局”侦查员叶文新等人也难掩喜悦。

十大青年一一上台发表感言，只有柏毅由父亲李永硕代为致词。“柏毅出生不久就被诊断出是自闭症，如今他能被选为十大杰出青年，对他和对自闭症家庭都是一种肯定和鼓励，希望借着柏毅的例子，让更多像柏毅这样的青年可以更有信心，也希望社会给他们更多的机会，不要剥夺他们学习的权利。”

李永硕的话未说完，众人纷纷将惊讶的目光投向柏毅。不习惯被太多注视的柏毅，本能地将眼神飘走，直到目光与他的妈妈静惠交接，看到妈妈激动拭泪微笑，才又安心地笑得像个小孩。

会后，颁奖人王金平主动与柏毅交谈，但柏毅只说了句：“你好，我是柏毅，我喜欢画画。”

十大杰出青年是什么？柏毅不清楚也不在意。

那天，回到家后，他还是专注地画画。

2010年8月，女儿静惠带着柏雄、柏毅，陪我前往俄罗斯旅行，顺道到当地咖啡厅考察，作为将来经营明星的参考。不巧，俄罗斯因干旱引起的森林火灾还未平息，火灾产生的浓烟笼罩莫斯科，白天能见度不到五十米。每天，我们只要到户外绕绕，皮肤鼻腔都会黏上一层灰黑，得尽快返回饭店清洗。

刚回台时，我的身体并未感到任何异样，没想到几天后竟突然休克被送到医院急救，虽然一条老命捡了回来，但还是在加护病房待了数日。

加护病房有固定的探视时间，孝顺的女儿静惠每天都会来看我。有回，她特地领着柏毅进到加护病房，柏毅盯着病床上的我看了半天，突然问我："阿公会上天堂吗？"他的阿嬷和妈妈一听，脸上马上出现三条黑线，我却觉得有趣极了，告诉他："阿公会上天堂，但不是今天。"

他还是不死心，坚持打破砂锅问到底：“不是今天，那是哪天？”结果，没等我回答，他的阿嬷已经受不了，急忙把他和他妈妈赶出加护病房，让当时戴着氧气罩的我想笑，却又不敢用力大笑。

柏毅就是如此单纯。我一生和俄罗斯人交往合作，经营明星后又遇见各种风雨，更看过太多心机、尔虞我诈，自然也学会包装、客套、暗示、迂回。但在这个曾经被嘲笑的孩子身上，我却学到绝对的纯真。

家人都知道柏毅最爱的就是冰淇淋，他唯一想用钱买的东西也只有冰淇淋，但他一次只吃一球，不管是巧克力、香草或蔓越莓口味都可以。

有回他妈妈带他去买冰淇淋，看到大大的特价招牌“一球五十元，两球九十元”，他妈妈很开心地告诉他：“今天冰淇淋在特价，买两球比较便宜，柏毅可以吃两球。”但这孩子却很坚持要吃一球，因为在他心里，吃一球就满足了，没有“贪便宜”“划算”的算计。

2012年，NBA球星林书豪受邀返台至新庄小巨蛋，他妈妈带着喜欢看篮球转播的柏毅挤在一群粉丝当中去“朝圣”，却始终无法靠近这个大明星。恰巧，林书豪要到后台时，柏毅碰巧要去上洗手间，二人竟然意外面对面。一般人遇到崇拜的大明星，一定是兴奋地尖叫、合影，然后请对方签名，他妈妈远远看着柏毅，心里暗暗想着“好机会好机会”，谁知柏毅竟像看到老朋友一样，对林书豪说：“Hi, Jeremy.”便走进洗手间，留下林书豪一脸纳闷。

他妈妈转述这件事时，仍不免扼腕。这也让我想起，有段时间我经常陪他到北投骑马场骑马。每回练完骑马，他一定要到马厩，一只只去摸摸马儿的头，一只只跟它们说“Hi”。有时，我和人约了谈事情，看着手表着急，要他“代表性”地和其中几只马打招呼就好，但他从来不肯厚此薄彼，一定要摸到拍到每一只马。

我们都自认比自闭症的孩子能干，我们也都被世俗和环境教会应对进退，看到有名气的人会自然弯腰，却不自觉地忽略生活中不常发声的伙伴。但对柏毅来说，他的世界没有头衔、成就、高下，林书豪是一个他喜欢的朋友，马场的马儿们也是他喜欢的朋友。

多少祈祷在心中

“‘我会为你祈祷，请你也为我祈祷。’天主教教宗方济各前天在梵蒂冈接见二十五岁的台湾自闭症画家李柏毅，除摸头为其降福，还接受他的亚克力画作《教宗方济各》，两人热情拥抱，场面温馨。”

2014年11月24日，距离“台湾五都市长”选举仅剩五日，台湾媒体照例被选举新闻淹没，突然，台湾点阅流量最大的《苹果日报》实时新闻出现“天才画家获教宗接见”这则新闻，不久，多家电视台的跑马灯也打出“教宗接见台湾自闭天才画家”相关讯息。

电视新闻旁白说着“由教廷医疗牧灵委员会举办的自闭症国际会议，约七千名自闭症儿童及家属、专家出席，教宗呼吁国际社会关注自闭症患者，消除压迫与孤立的烙印，提供具体支持行动，鼓励专家找出新疗法与预防措施。”

画面中的柏毅佩戴“台湾十大杰出青年奖”，在妈妈简静惠的陪同下，很自然地与教宗拥抱。这一抱，让远在台湾这头的阿锥也忍不住笑喊正在厨房里忙碌的太太：“快来看，快来看，柏毅这孩子，把教宗也当朋友。”

等静惠和柏毅回台之后，阿锥才知道，柏毅除了致赠教宗画像，还在几千人和国际媒体齐聚的场合“演讲”。

虽然静惠在出发前就陪柏毅练习一分钟的自我介绍，但主办方相关人员还是半信半疑地问：“他真的可以吗？”得到的回覆也只是不确定的“He is going to say hello to everybody.”而不敢表示“He is going to make a speech.”

场面是如此盛大，当主办单位介绍“赠画给教宗的Leeland（柏毅英文名）将跟大家say hello”时，坐在柏毅身旁的静惠也不由自主地紧张起来。但柏毅却默然对着麦克风没有开口，静惠感觉到血液快速倒流，就在会场空气快要凝结的瞬间，柏毅突然若无其事地对着全场说道：“Hi, My name is Leeland. I live in Taipei.I am twenty-five years old. I work in ASTORIA Cafe & Bakery. Anytime I can draw, I can sing, I can pray. Anytime I come back to Rome. I hope you like my art exhibition. In God everything is possible.”

当他讲完，全场静默了几秒，接着响起热烈掌声。掌声停后，方济各教宗问柏毅：“I will pray for you. Can you pray for me?”此时，静惠简直不敢相信自己的耳朵，拼命忍住快要落下的眼泪，心想：当我得知柏毅是自闭症的那一刻起，我一直问上帝为何这样对待我和我的孩子，多少时刻多少夜晚，我必须靠着祷告才能支撑自己陪伴柏毅走下去，从来都在为众人祷告降福的教宗，现在竟要柏毅替他祷告？

但柏毅很自然又说了一次：“In God everything is possible.”语毕，与教宗相视而笑。

有句俗语叫“孩子天生天养”，柏毅就是最好的例子。

四年前的某一天，柏毅竟然走失了。原本是伴读家教陪他一同前往板桥台湾艺术大学上课，但到了该返家读时间，女儿静惠竟接到伴读家教的电话，电话里说“柏毅不见了”。

根据伴读家教的说法是，柏毅上完课，二人一起在公交车站等车，但此时伴读家教临时接到电话，悄悄移动位置去讲电话，一回头已经不见柏毅。

柏毅不懂得找，也不懂得问，当时又刚从美国回来不久，这下可怎么办？他妈妈急得像热锅上的蚂蚁，报警后还动员亲朋好友，最后连新闻都播出“明星第三代走失”的新闻。

没想到，五个小时后，他竟然自己出现在家门口，他妈妈终于松了一口气地狂哭。但大家问他：“你怎么走丢了？”他却理直气壮地说：“是老师走丢了。”一个自闭症的孩子怎么独自回家呢？他老神在在地说：“走路啊！”原来他沿着平常公交车路线走，从板桥走到华翠大桥，从艋舺大道走到中华路，再从中华路走到家。

那天夜里，女儿甚至接到恐吓、诈骗电话，说柏毅在他们手上，要求我们去付赎金才放他。事后，女儿绷紧神经，好一段时间不敢让柏毅离开她的视线。

尽管如此，柏毅依然认真刷牙、认真吃饭、认真画画，好像事情从未发生过。我不经意地再问他怎么认得路呢？不会用中文表达的他头埋在画里说："God leads me home."

望着他，我简直不敢相信这是当初女儿为了教他学会说“门”这个字，反复牵着他的手走到真正的门前无数次的那个孩子。为了教他起床后固定要做的事，女儿更把上厕所、刷牙、洗脸、换衣服等每个步骤一一用拍立得拍下，再将照片一张张贴在板子上。每天一起床，就要一个动作一张照片反复领他去做，当他学会时，更是花费了八个月之久。

更奇妙的是，这样的他，却只要是看过的场景，就能用画笔画出来。每一段时间，他会疯狂地画一种题材，花、脚丫、麋鹿、牛仔、蝴蝶、明星……有人说他的脑子里应该有一个照相机，一般人是用理解的方式记忆，但柏毅却是拍照式记忆。所以从台艺大回家的路，早就如同一张张相片印在他的脑海里。

自闭症的原因，我不懂，但我总觉得一定是因为纯真，让他可以不受外在影响，让他更接近心里的上帝吧！

There is no tomorrow

2014年4月，台北捷运发生随机杀人事件，那一两个月里，乘客犹如惊弓之鸟，只要身旁的人有异状，就会呈现警戒状态。没多久，更传出一位自闭症青年把玩手中的计算机，不小心碰到坐在一旁的乘客，乘客问说："你干吗？"自闭青年不知如何回答，瑟缩地护着手上的计算机，没想到这个动作被解读成"要拿东西攻击"，导致该名乘客情急中拿起灭火器防卫。

新闻一出，各界哗然，但看在阿锥和静惠眼里，除了惊讶，还有心痛。

自从柏毅因画作出名，加上身为导演林正盛执导的《一闪一闪亮晶晶》纪录片中主角之一，偶尔会有人在捷运或公众场合认出他，要他签名。但可能因为行程紧凑，也可能因为柏毅不知如何反应，难免会有无法尽如人意的时候，有几次，对方会流露出"怎么那么大牌？"的眼神。

看到捷运上的自闭儿被当成狂魔的乌龙事件，静惠总会想起别人看待柏毅的眼神，虽然她心里很清楚，柏毅根本不懂什么是"骄傲"或"大牌"，怎么会耍大牌呢?

为了让更多人了解自闭症，也了解自闭症家人的心路历程，同年六月，在阿锥的支持下，静惠与柏毅母子联名出版《爱在当下》一书。书中细数二十多年的来时路，作家黄春明更在序文里写着："在柏毅的调色板上，除了颜料就是妈妈的眼泪。"

新书出版记者会当天，艺文界、影视界不少名人都前来祝贺，静惠说了个小故事。她说，柏毅从五六岁开始学用英文写日记，但刚开始他不会写，必须要妈妈说一个字，他写一个字，但后来他每一天一定要写日记才肯睡，有时妈妈实在太想睡了，会拜托他明天早上再写好吗？但柏毅竟然告诉她：“ There is no tomorrow.”

静惠说，带领柏毅的每一天，她都提醒自己“ There is no tomorrow.”。回到台湾接棒经营明星后，她也随时告诉自己“There is no tomorrow.”。每天都要当成最后一天，不断不断用力跟父亲学。

曾经，明星是俄罗斯人在台湾的第二故乡；曾经，明星是台北的人文沙龙；曾经，明星也经历歇业和火灾。未来的路，她期许能够走得和父亲一样稳健，但柏毅更教会她纯粹和活在当下，不要烦恼明天，只要一心一意照顾好明星的每一天。

静惠轻轻说着，台下的阿锥默念着诗人周梦蝶生前用女儿名字写成的诗——“简可以御繁，以静制动，惠可得人心”，心底涌上一阵欣慰：“终于可以放心将明星交给她了。”

这一天，刚好是明星开业六十五周年。

女儿决定要从美国回来台湾接手明星时，很多人都说她疯了。毕竟柏毅一直在美国长大，在当地也找到不错的特殊教育老师，回到台湾后，这一切都将全部重来。

但她还是为了我和太太回来了，因为她不忍看我们两个老人家独自守着明星，尽管因此和女婿、柏雄聚少离多，多少影响他们的家庭生活，她还是选择回到她生长的这间咖啡厅。

她刚回来时，我们不是没有冲突。

因为几十年来，多种糕点的配方都是由我亲自调配。不管刮风下雨，不管多忙，每天晚上打烊前，我一定会回到明星一楼厨房，将隔天要制作的糕点材料调好，再让师傅明天一早可以使用。

但女儿不愿意我太累，几度和我沟通，希望我将配方教给师傅，理由是“没有永远的秘方，只有永远的质量和心意”。

我也不习惯她使用数码方式管理员工。我可能染上艾斯尼的习惯，每天都要到明星二楼的老位子坐着喝杯咖啡，顺便帮忙看看客人有无特别需要，但女儿滑着手机告诉我：“我也希望每天到店里看看，但必须陪同柏毅频繁出国，根本做不到，现在一楼、二楼都有录像画面回传，就算不到明星，还是可以掌握店里的状况。”我心里嘀咕着：唉！手机荧幕里的画面那么小，里头装的到底是什么呀？

但很奇怪，她一年要带柏毅出国展览数次，却将明星管理得有条不紊，丝毫不输我和太太。

现在的我，还是习惯天天到明星喝一杯咖啡。看着咖啡馆里挂满柏毅的画，我突然想起明星停业那年，恰巧也是他出生的那一年，也许命运之神早就安排好，要我停下脚步来等待女儿和他，让女儿可以用更多心力去教育他。十五年后，他准备好了，明星复业，他也从这儿开始他的台湾艺术之路，至今又经过了五年。

一直以来，明星咖啡都透着俄罗斯的异国风情和文学沙龙的气息，现在，因为女儿和柏毅又多了一股艺术的生命力。

我和明星的故事，说完了。最近应该再找时间上山去看看艾斯尼了，对了，我还得告诉他，当年他最疼爱的静惠已经可以独当一面经营我们的明星了……

后记

后来的后来

书，写完了。一点点回顾这几年的种种种种，我会相信自己的错觉——和简锦锥伯伯认识不只七八年，而是十年、二十年，甚或更久。

还记得那是2008年12月21日，午后的阳光好到让人忘记台北冬季惯有的湿与冷。沿着石阶登上北投稻江路山顶的墓地，守墓人见我们来回寻觅，七八只黑白花黄的狗群围着我们打量，特地绕过来问："你们要找哪位的墓？"

"艾斯尼！"简伯伯说起话来有些喘，显然上山的那一两百级石阶，对他的双脚而言，已经造成负担。守墓人没有印象，简伯伯边张望边补充："一个外国人。"守墓人闻言，立刻"噢"了一声，"对了，我想起来了，那个外国人啊，你每年圣诞节都会来看他嘛！"

守墓人领我们来到艾斯尼墓前，仿佛突然恢复记忆，"你去年好像没来啊！"简伯伯只笑没作答，反而与他讨论起墓旁那棵老松树生长的状况。我们将带来的两盆圣诞红和两份特制的俄国圣诞糕布置在墓前，正纳闷袋中的湿纸巾有何用途，简伯伯转过身来接过纸巾，仔细地擦着墓碑前的每一个角落，原本沾了尘土的墓碑，露出艾斯尼的照片，也露出两个俄国皇家徽章。

照片上的艾斯尼，穿着西装、打着领结，正从另一个世界望着我们。简伯伯合掌低声祝祷，以俄文和这位挚友交谈。我转身问简伯伯："底下那两个徽章就是沙皇时代的皇家徽章吗？”他从喉头发出很轻很轻的一声“嗯”，顿时，我不敢再作声，生怕打扰他和老友的心神交会。

下山时，他回头看了看山边的云，慢慢地对我说：“这是艾斯尼当年自己挑的地方，可以看到山看到海，今天这么多人来看他，他一定很开心。”我心想，是啊！听了那么多关于艾斯尼的故事，今天终于见到他了，我也有种见到久违老友的兴奋。

其实，我是个特别胆怯的人。童年时期上学途中会经过一片坟墓区，虽说有村子其他小学生一同排队行走，虽说隔着几十公尺的柏油路，但乡间路旁的木麻黄树似乎格外阴森吓人，尤其冬天清晨罩着一层雾气，那份湿冷和恐惧总逼得我和队友不自觉快速通过。

走进墓园，很容易勾起我来自童年的恐惧。但这几年，我仍要陪简伯伯送二盆圣诞红和二条俄国圣诞糕到北投稻江路山顶的艾斯尼墓地。

害怕啊，我没有一次不害怕！尤其是上山途中，那群流浪狗(抑或是守墓人养的狗)一拥而上，我常常心底发毛，却又要故作镇定地搀扶着简伯伯。尽管如此，我始终无法让简伯伯独自前往，让他以伞为杖一步步爬上山去看看艾斯尼。

但我一定是不够坚定，才会在一回下坡时扭伤脚踝。隔日，简伯伯来电问地址，说要送东西过来。推辞再三，他还是和简妈坐着出租车绕过一座城市来了，手上拿着一大罐亲友自制的黑膏药，说那是专门治疗跌打损伤的妙方。

也还记得，我们许多的访谈是在医院完成的。

每周五下午一次，一次两三个钟头。如此的访谈进行了几次。突然接到电话通知，简伯伯病了，住进医院了。隔两天与出版社人员前往探视，病榻上的简伯伯无法动弹，却依旧一派云淡风轻——“现在这样，我只能任人摆布了。”

又隔了十多天，听说他已经转院了。决定再度前往探视，传达暂搁访谈计划的想法，好让他安心养病，不料进到病房却发现他已能坐起，神清气爽，看起来不像刚动过手术。“开刀后一切都好吗？”他有几分得意：“后来我没有开刀，靠自己复健慢慢恢复了，连医师也不敢相信。”

果然，他已能缓缓进行抬腿运动，完全不像两个星期前的无法动弹。我试探：“那……我们的访谈呢？要不要先暂停？”老人家不甘示弱：“没有影响，反正我现在只能躺在这儿，多的是时间。”

2010年9月，静惠通知我“爸爸在加护病房”。我心头一震，赶至医院换上消毒服，怯步走进加护病房。只见简伯伯身上插满管子，却努力挤出笑。我示意他不要动，他却用手指在我的手心上画着写着。出了病房，我才知道简伯伯和女儿静惠、外孙柏雄、柏毅一同前往莫斯科游览十多天。返台隔几天，简伯伯竟因休克被送往台大医院急救。

对一个年近八旬的老人家，能从鬼门关抢回命真是万幸。但又隔两个月，简伯伯已能坐在明星咖啡厅二楼的老位置谈笑风生。他说，去莫斯科时恰巧遇上当地森林大火，空气质量很差，医生判断他的病情与此有关，但终究找不到真正原因。

他问我，是不是到过医院看过他。我点点头，两次。他笑了，不记得。我也笑，没再去追问他当时在我手心写着的是甚么。

离开时，他很坚持自己下楼梯不要搀扶。那一刻，我突然有种错觉，眼前坐的不是一个刚从加护病房出来的老人，而是当年那个只身从上海坐船回台湾的孩子，也是那个自己想办法作面包和蛋糕的年轻人。再大的难题，总能如此从容，不管是八岁、三十岁，还是七八十岁。

我也没有忘记因为书写这本书而获得的关照。

访谈作家，是进行此书不能缺少的重要环节。机缘巧合，有荣幸与陈若曦、季季、尉天骢等人会面，进一步了解他们眼中的明星；也特地前往尉天骢教授位于政大的住处，向他请教《文学季刊》的始末与明星的渊源，蒙他不吝赐教当时的台湾文学发展背景。

后来，又承蒙黄春明老师拨冗自宜兰返回台北，有了一次轻松的餐叙。听得出来，黄老师对简伯伯和明星至今仍相当感念。“明星在那个时代，就像文化林木中的一棵乔木，它庇荫过许多作家和艺文界人士。我就栖息在明星下蛋的，如果没有那里的空间、桌椅和更重要的人情，可能就写不出东西来。”他说。

然而，对于作家们的感谢，简伯伯最常有的回应就是：“这没什么。”其实这也是访谈过程中，最让我觉得困难的部分。我所认识的简伯伯，是一个四海却不江湖的人，无论是谁，无论贫富，他都能像朋友般以礼对待。他的性格里头有一个东方的仕绅，还有一个西方的绅士。然而，他却又太淡然了，淡然到让我有时会找不到书写的着力点。

我试图下猛药：“简伯伯，透露一点作家在明星发生过的风花雪月吧？”他很坚持地回道：“这不是我应该说的，一个老板怎么可以去窥探客人的私事，就算真知道，也不应该说，那是一个老板对客人应有的尊重。”

他微笑回答，我却感觉双颊发烫。是的，像我这个世代的文字工作者，受到太多点阅至上文化的影响，早已习惯重口味的书写，几乎快忘了和缓与淡然的余韵有时更为深远这回事。

而今，在时下“小时候不读书，长大当记者”的批评声浪中，我为现实生活也为心中那个年轻人，重返媒体工作。很巧，我主要负责的采访路线，恰恰是和简伯伯一样来自台湾老字号和各行各业的小人物。因着书写这本书的基础，我总是自我期许，不要忘了热爱写字(不敢称之为写作)的初衷。

当然，不只一次有人问，当时是简老板给你钱，让你写的吧？

刚开始我会努力地解释，是我“拜托”简老板让我写的。我解释，是意外在一次的文案工作中，被明星的故事和简伯伯传奇吸引；我又解释，不知多少人想书写明星的故事，我只是刚好获得首肯而已。

但后来被问多了，我只“嗯”声带过。因为我知道自己书写的是对明星咖啡里那份情义的羡慕，也是对那个时代的作家能遇到简伯伯这样一位老板的嫉妒。虽然我很清楚自己就算在那年代遇到俄罗斯人，也会支支吾吾地逃走；也知道就算早出生个几年，自己还是和明星作家八竿子打不着。

最后，感谢这本书的缘分，让我和简伯伯一家从工作伙伴成为好友。也感谢江苏凤凰文艺出版社，感谢隔着一道海峡的合作。

如果，此书能够让您有一点点收获，我会感激并松一口气；如果，此书让您失望，那是因为我这个故事的导游不够称职。明星西点咖啡的故事之海，绝对有更多旖丽的风光值得您亲自前往感受。

享食明星——一口一故事

牛油清蛋糕

1949年明星创立后，西点材料难寻。第一代俄国厨师布尔林以台湾本地常见的土鸡蛋和德国人带来的牛油制作出“清蛋糕”，一个蛋糕约使用八颗蛋。虽然相较现代各式花俏蛋糕，口感简单朴实，却是明星蛋糕的最初记忆，也清晰表现出蛋糕的原始风味。

台俄混搭果酱

涂面包用的果酱，为俄国家庭必备，俄国太太们也多拥有自制本事，明星最初果酱即由股东之一、第二代主厨列比利夫的太太制作。但俄国当地惯用的红莓、蓝莓等在台湾并不生产，负责找食材的简锦锥原想以蜜饯代替，但遭否决。灵机一动，他建议以当季（冬天）台北近郊的阳明山橘子代替，一试立刻受到俄国人欢迎；橘子产季过后，他又找来台湾夏秋盛产的木瓜、杨桃让列比利夫太太熬果酱，同受好评。当季水果熬制的果酱延续六十多年，至今仍是亮点小物。

凤梨酥

早在1950年间，俄国厨师布尔林即被台湾菠萝香气吸引，而制作出凤梨酥。1953年，布尔林离开台湾移民巴西时，还特别携带数盒凤梨酥，因他相信菠萝中的酵素可抑制晕船呕吐，可伴他飘洋过海两个月，辗转从台湾、日本、美国再到巴西。明星目前贩卖坊间常见的凤梨酥，同时保留另一款当年俄国人制作的凤梨酥款式。（后期于中山北路店制作，统称中山式）

蒋方良甜甜圈

俄国人最初制作的甜甜圈，用烤与炸两种不同做法，搭配裹上果酱、糖浆、牛奶、奶油、巧克力酱，共有五款。有一回，蒋方良想吃甜甜圈却又售完，于是她卷起袖子亲自到厨房内炸了几个甜甜圈，裹上现有糖粉，后来这款甜甜圈也被加入贩卖。虽然后来同类产品在台湾如雨后春笋，但明星的甜甜圈仍走俄式路线，口感较为扎实且富嚼劲。

淑女手指饼干

早期常见于俄国人和飞虎队聚会的手工小饼干，为第二代主厨列比列夫夫妇开始制作，最受欢迎的有香草饼干、杏仁薄片和Macaron（马卡龙）。其中，香草饼干因修长形状宛如女士手指而被俄国人称为“lady’s finger”，但后来因手指长度无法量产，改得较短。至于Macaron后来也由明星出去的师傅发扬光大，在台湾许多面包店都可见到，与后来传入的法式马卡龙不尽相同。

核桃糕

核桃糕是德国飞行员返德后带来台，希望接手布尔林工作的列比利夫夫妇帮忙制作的家乡味。由于主要材料为核桃和台湾不产的蓝莓，列比利夫放弃跟进制作。列比利夫离开台湾后，简锦锥尝试以龙眼圈和葡萄干代替蓝莓干，自制出此款馅料比糕体多的核桃糕。不过，六十年代初，核桃相当少见，龙眼干、葡萄干成本也高，一条核桃糕要价达二百元台币，客人纷纷反应“买不起”，不得不改以“片”为单位贩卖。但每片售价台币四元，约可买一两肉松，对当时普遍不富裕的台湾人仍算是奢侈品。有趣的是，当时女客间相传“核桃”可治幼儿尿床，买的妈妈多半是为了给孩子吃。

罗宋汤

俄国太太们几乎都会做的家常菜。制程费时，需先以大火滚煮半小时，再改小火慢炖一个半小时。不过，明星刚推这道菜时，由于价格不菲，又台湾仍处农业社会，客人普遍有“不吃牛”习惯，因此这道菜主顾为俄国人、飞虎队员，直到后来，台湾股市上涨至一万两千点，台湾人舍得花大钱，这道菜肴才开始在台湾客人间流行。

吉士蛋糕

留学俄国的蒋经国爱吃甜点，却自中壮年时期就被告诫不能吃太多糕点。为了减轻他食用时的负担和压力，简锦锥从“Home Make”一书学做吉士蛋糕时，特别将吉士和甜度比重略微调整，同时借鉴台湾人吃西瓜“洒盐花提增甜度”的概念，略增盐的份量。因此，明星的吉士蛋糕虽甜度不高，淡淡的咸味却巧妙带出个中甜味。又因这款受蒋经国喜爱的吉士蛋糕，常与蒋方良喜爱的俄罗斯软糖组合，作为餐后甜点，因此有人将之戏称为“夫妻点心”。

核桃枣泥蛋糕

俄国人最初制作，仅以中国人用来制作月饼的枣泥为材料。后来，简锦锥应客人要求，在蛋糕上添加核桃。有段时间，蒋介石居住于高雄大贝湖，一次蒋经国带着蒋介石喜爱的核桃枣泥糕南下大贝湖行馆探视，一旁任职于大贝湖水厂厂长的林金生（林怀民的父亲）见总统吃得津津有味，心里纳闷着到底是哪家做的蛋糕？于是悄悄留下盒上地址找到明星来买蛋糕。之后林金生北上担任台北市党部主委、交通部长，养成到明星喝咖啡的习惯。

明星咖啡馆年表

1932	简锦锥出生于台北新庄郡新庄街。
1939	随兄长赴上海，一个月后只身返台。
1945~1946	日本宣布投降，简锦锥自台北二中转自台北一中就读。
1947	二二八事件发生，与兄长收容八十多位外省人。
1949	国民政府撤退来台，艾斯尼、拉力果夫、列比利夫、布尔林、帕索斯基等白俄罗斯人随之来台。艾斯尼与简锦锥相识。
1949	经艾斯尼转介，简锦锥开始为在台美国飞虎队队员改建住处。
1949.10.30	艾斯尼等前述五位白俄罗斯人及前立委张大田与简锦锥合伙，在台北市武昌街一段七号租屋，创立ASTORIA。 蒋经国、蒋方良夫妇经常出入ASTORIA，与简锦锥结为好友。
1952	创立股东帕索斯基售出股份给简锦锥，移民澳大利亚。
1953	ASTORIA股东向屋高玉树主买下武昌街七号一楼至三楼。 创立股东布尔林移民巴西，将股份卖给简锦锥，面包生产改由列比利夫负责。隔年，创立股东列比利夫也离开台湾。
1956	简锦锥与黄碧霞结婚。
1958	艾斯尼计划移民美国，ASTORIA寻求买主。
1959	诗人周梦蝶于ASTORIA门前摆摊。
1960.12	ASTORIA转售给中医师林英栋，艾斯尼与拉力果夫、张大田等人因售价引起纠纷。

1961 简锦锥独资经营ASTORIA，聘艾斯尼为顾问。研发出第一个台湾巧克力、戚风蛋糕、瑞士蛋糕。

1961.12 艾斯尼首次于ASTORIA店内中风。开始有作家到ASTORIA写作。

1964 ASTORIA增加中文名称“明星西点咖啡”。简锦锥研发出台湾第一个可颂面包。

1966 《文学季刊》创办，尉天骢、陈映真等在明星三楼进行编辑。黄春明在二楼写稿。为新光集团创办人吴火狮母亲制作八秩蛋糕，简锦锥研发出台湾第一个多层蛋糕。

1967 首次为蒋介石制作第一个多层蛋糕。

1968 陈映真因参加左派读书会被捕，简锦锥遭到有关人员询问。

1969 黄春明边照顾儿子黄国珍边在明星写作，创作出重要作品《儿子的大玩偶》。
林怀民创作出中短篇小说集《蝉》。

1970 明星西点咖啡中山北路分店开幕。
蒋经国在美遇刺，简锦锥由日本飞回台湾安慰蒋方良。

1971 简锦锥买下武昌街一段五号，出租给茶庄，主动供周梦蝶借住年余。

1973 艾斯尼过世，简锦锥在友人的陪同下，将其照片送回俄罗斯圣彼得堡一处教堂安放。

1974 为蒋介石制作最后一个生日蛋糕。

1975 蒋介石去世，明星每日为瞻仰会场制作两千盒西点。

1980 周梦蝶胃疾开刀，收起明星门前的书报摊。

1982 因帮同业进货豆沙三十余斤，遭相关部门查税并要求缴交高额税款，开启长达七年的诉讼。

1984 白先勇出版描述明星的《明星咖啡馆》。

1987 金钱游戏席卷台湾，明星武昌店涌入大量股票族。

1989.05.29 ASTORIA创立股东之一拉力果夫病逝于荣总。
简家第三代李柏毅于美国出生。

1989.12.11 明星咖啡宣告歇业，武昌店咖啡馆与中山北路店同时熄灯，仅剩武昌街一楼西点面包店持续营业。

1990 明星咖啡二楼租给“居仁堂”素食馆。

1992 UCLA进行“自闭症儿融入常态学校计划”，李柏毅UCLA至附设幼儿园上课。

1996 李柏毅转往教导自闭症名师芭芭拉的教室上课，开始学习骑马和游泳，也乐于参加各种球类活动。

1997 在芭芭拉老师的建议下，简静蕙带李柏毅接受加州州立大学美术资优天才鉴定。往后的十年，陆续接受加州州立大学的课程安排上课。

1999.11 李柏毅被《洛杉矶时报》选为杰出孩童。

2004 “居仁堂”失火，再度引发各界对于明星西点咖啡的无限怀念，三百余人联署为明星复业请命。

2004.07.04	明星咖啡重新点灯开业。 国际知名艺术公司邀请李柏毅开个展。
2005	李柏毅第一次回台湾在大稻埕美术馆开展。
2006	简家第二代简静惠接手明星经营，并带着十七岁的李柏毅回台定居。
2009	李柏毅与导演林正盛共同完成电影“一闪一闪亮晶晶”拍摄工作。
2010.08	简锦锥从俄罗斯回国后几天突然休克，送至医院急救。
2011	李柏毅于台北非画廊举办“麋鹿之旅”个展。
2013	李柏毅获得2013年十大杰出青年。
2014.04	李柏毅与简静惠飞至纽约参加公益画展，为自闭症儿童募款。
2014.06	简静惠与李柏毅合著出版《爱在当下》。
2014.11.24	教宗接见李柏毅。

图书在版编目（CIP）数据

明星咖啡馆 / 简锦锥，谢祝芬著. — 南京：江苏凤凰文艺出版社，2018.4
ISBN 978-7-5594-1705-3

Ⅰ. ①明… Ⅱ. ①简… ②谢… Ⅲ. ①散文集－中国－当代 Ⅳ. ①I267

中国版本图书馆 CIP 数据核字(2018)第 044072 号

书　　名	明星咖啡馆
著　　者	简锦锥　谢祝芬
责任编辑	胡　泊
出版发行	江苏凤凰文艺出版社
出版社地址	南京市中央路 165 号，邮编：210009
出版社网址	http://www.jswenyi.com
印　　刷	南京精艺印刷有限公司
开　　本	880×1230 毫米 1/32
印　　张	8.75
字　　数	250 千字
版　　次	2018 年 4 月第 1 版　2018 年 4 月第 1 次印刷
标准书号	ISBN 978-7-5594-1705-3
定　　价	49.80 元